世界文學
經典名作

杜立德醫生航海記

THE VOYAGES OF DOCTOR DOLITTLE
HUGH LOFTING

休·洛夫廷／著

關於本書

《杜立德醫生航海記》在一九二三年榮獲紐伯瑞兒童文學的大獎，也是杜立德醫生系列作品中，最爲精彩絕倫的經典之作！

一次神奇充滿刺激的海上之旅；一個聽懂動物語言的醫生、一個十歲大的好奇小男孩、一隻聰明伶俐會說人話的鸚鵡、一隻十分機靈懂得人語的猴子、還有十分盡職又會教訓人的狗兒，這群奇妙的組合，這次到底又會發生什麼「驚天動地」的大事件呢！

休・約翰・洛夫廷（一八八六～一九四七），20世紀初美國著名的兒童文學作家、畫家。他一生創作了十幾部童話，大多是關於一個名叫杜立德醫生的有趣故事，諸如《杜立德的冒險故事》、《杜立德博士的馬戲班》等等。這些童話出版後多次重版，深受兒童讀者的歡迎。由於這些兒童文學出色的藝術成就，讓他取得了兒童文學的最高榮譽「紐伯大獎」。他是美國爲數不多的具有世界影響的兒童作家之一，其作品迄今仍在世界各地廣泛流傳。

故事發生在英國維多利亞的時代，杜立德醫生是世界上唯一可以和動物說話的醫學博士。本書的作者是出生在英國，後來移民美國的小說家，他的作品中最顯著的特色是語言機智、幽默，故事中那些充滿孩子氣的對話常常令人忍俊不禁，而那些天眞又充滿智慧的故事情節更讓人感到幽默有趣。幾個動物角色在這些幽默有趣的故事中被刻劃得個性鮮明、栩栩如生。故事還顯示了作者淵博的知識。情節不僅寫得傳神，而且合乎科學原理。作者以充滿溫暖的筆觸，表現了自己的人道主義理想，曲折地表達了他對現實社會的不滿和對天眞純潔的兒童的熱愛。整部作品可說是一曲溫馨的人道主義頌歌。

前言

不久以前：我所寫的《杜立德醫生非洲行》的故事，是向一位很久以前就認識的醫生請教有關他的故事而寫成的。這故事的大部分情節，都發生在我出生之前。不過，我這一次所寫的關於這偉大醫生的一生，是自己直接看到，或是與自己有關的故事。當然，在此之前，我也得到醫生的首肯。當時，醫生和我一起乘船到世界各地去旅行，歷經各種冒險，忙碌於整理有關博物學的資料，因此根本無暇端坐在書前，執筆撰寫有關旅遊的見聞。

現在，我已經是個上了年紀的老人，記憶力也許已經大不如前。但是，在我記憶模糊，或是覺得自己好像寫錯了的時候，這時我會詢問我的鸚鵡——波里尼西亞。

最能令我感動的鳥（牠今年已經二百五十歲了）停在我的書桌前，在我寫下這些東西的時候，不斷地哼著水手之歌。到目前爲止，見過這隻鳥的人都知道，這隻鳥——波里尼西亞的記憶力，是世界上絕無僅有的。當我遇到無法牢記的事情時，這隻鳥隨時都可以爲我提供任何資料。而且，到底事情是如何發生的，或是當時有誰在場之類等問題，牠都能夠正確地告訴我答案。

因此，與其說這本書是我所寫的，還不如說是波里尼西亞所寫的。

——在說這故事之前，必須要先介紹關於我自己的身世以及我是如何與醫生相遇的……

目錄

第二部

第二部

第四部

第五部

第六部

第一部

D.Maclise, R.A. T. Landseer.

第一章、鞋匠的孩子

我的名字是湯米·史塔賓斯，是「泥窪鎮」修鞋匠傑可夫·史塔賓斯的兒子。在我大約九歲或十歲的時候，「泥窪鎮」是個小城鎮，有一條河流流經城鎮的中央。這條河上有一座橋，名叫「王者橋」，是一座非常古老的石橋，橋畔有市場。越過橋到對岸去，河的那一邊就是墓地。點點揚帆的船隻，從海上上溯至這條河川，在橋邊下錨。我經常到河邊去，坐在河邊的石頭上看著在船上卸貨的水手。水手們拉著繩子，唱著歌，而我在不知不覺中也朗朗上口。我坐在石頭上，光著腳丫在水裏晃盪著，和水手們一起唱著那首歌，好像覺得自己也是水手一般。

每當看到船離開了泥窪鎮的教會，通過廣寬而無人跡的沼澤，順流而下，朝著海的方向前進時，每一次都會想要上船和他們一起航海。想乘坐在船上，到廣大的世界去看不知名的土地，像非洲、印度、中國、秘魯等地，找尋自己的幸福。船繞過河道，逐漸地失去蹤影時，越過城鎮的屋頂，仍然能夠看到迎風張揚的巨大茶色船帆。無聲無息地穿過各戶人家向前行，就像個溫馴的巨人慢慢地前進似地。我不禁想著，當這些船回到「王者橋」下錨之前，不知道會遇到什麼奇怪的事情呢？於是，我一邊夢想著有朝一日會到那些不知名的國家去，一邊坐在橋邊，目送著船離

去，直到看不見為止。

我在泥窪鎮有三個好朋友。一位叫喬的拾貝者，他住在橋畔的簡陋小屋中。這位老爺爺會做很多很有趣的玩意兒，手藝十分高超。我從來不曾見過手比他更靈巧的人，他經常為我修理我放在河上任其漂流的玩具船，也會利用行李箱或銅板為我做風車，也會用舊的破傘做出令人嘆為觀止的美麗風帆來。

有時候，喬會讓我坐他的拾貝船。在漲潮的時候，把船划到河口，可以撿到一些貝殼或蝦子去賣。來到這潮濕而漫無人跡的沼澤中，看到野鴨在四處飛翔，還有海鳥停留在這兒。這些海鳥都生長於高大的草叢中。黃昏時分，每當漲潮時，溯河而上，在「王者橋」畔就可以看到這些動物的蹤影。

另一位朋友名為馬休·馬格，是個賣貓食的小販。他看起來彷彿老是瞪著人，很不友善的樣子，但在和他交談以後，就會發現他是個好人。他能如數家珍地把「泥窪鎮」的人事都告訴你，連貓狗的事也瞭若指掌。最近，他似乎把販賣貓食的工作當作正當職業。通常，他會在盆子裏裝滿貓所吃的肉，大聲叫嚷著：「肉啊！肉啊！要不要肉啊！」一邊叫喊著，一邊通過城鎮，很多人都會向他買些肉，拿回去餵家裏的小貓、小狗。

我很喜歡和老馬休一起同行。當狗和貓聽到馬休的呼聲時，會從庭院跑出來。我很喜歡見到這種場面。馬休和我都會餵動物吃肉，這是件很愉快的事情。老馬休對於狗有深入的了解，當我們在城鎮中打轉時，他會告訴我各種不同種類的狗的名稱。馬休本身也養了兩、三條狗，其中一隻是賽狗用的，跑得非常快，馬休經常會在星期六的賽狗會中，帶著這隻狗去賺些賞金回來。另一隻狗非常聰明，牠會捉老鼠。因此，馬休除了從事賣貓食的工作以外，也會應麵粉店和農家的邀請，帶著這隻狗去做收拾老鼠的工作。

我的第三位友人是一個遺世而獨立的人，他的名字叫做魯卡。關於他的事，我想稍後再爲各位敘述。

我並沒有去上學，因爲我的父親沒有錢，無法供我去學校唸書。但是，我很喜歡動物，因此在有空的時候，會去蒐集一些鳥蛋或蝴蝶，在河邊釣魚，去找黑莓或蕈類，在村落盡頭四處閒逛，或是幫水手們曬網。

是的，想到昔日的點點滴滴，我覺得每一天都過得很快樂——但是，當時我卻不覺得有什麼快樂。那時候，我大約九歲六個月大，和其他孩子一樣，過著無憂無慮的日子，並不知道什麼是幸福，只希望快點長大。我最希望的是在長大後離開家，那麼我會勇敢地坐上船，通過充滿霧氣的沼地，順流而下出海，到世界各地去找尋我的夢想。

第二章、偉大博物學家的傳聞

這是一個春天早晨的故事。我獨自出外散步，爬上了城鎮後方的山丘上，這時，我正好看到一隻老鷹在大岩石上，牠的雙腳緊捉著一隻松鼠，松鼠用力地掙扎著。當我跑到那兒去時，老鷹嚇了一跳，扔下了可憐的松鼠飛走了。我撿起松鼠，可憐牠雙腳已經受了重傷，見到牠這個樣子，我很快地抱著牠回到城鎮。

來到橋邊時，我詢問拾貝老人是否可以爲這隻松鼠裹傷，他戴上了眼鏡，很仔細地看了看松鼠受傷的情況，搖了搖頭說道：「牠斷了一隻腳，」並且說道：「另一隻腳連肉都脫落了。如果是你的船壞了，我還有辦法幫你修好，但是我卻無法治好松鼠所受的傷。湯米，你一定要去找外科醫生才行。而且，一定要是很好的醫生才行哦！能夠治好松鼠的醫生只有一個人，那就是約翰．杜立德醫生。」

「約翰．杜立德醫生是誰呀？」我問道：「他是個獸醫嗎？」

「不，他不是獸醫。」拾貝老人說道：「杜立德醫生是個博物學家。」

「博物學家是什麼？」

「博物學家呀！」拾貝老人邊說著，邊拿下眼鏡，在菸斗中塞上菸草，說道：「就是不管是野獸、樹木、岩石等，任何事物都知道的人。總之，杜立德醫生是很了不起的博物學家。像你這麼喜歡生物的小孩竟然不認識他，我實在感到很驚訝。——我因爲常撿貝殼，所以對貝殼十分了解。杜立德醫生雖然不撿貝殼，但是對貝殼也十分了解。醫生是個平和的人，只是不太愛說話，聽說他是一個非常偉大的博物學家呢！」

「這個人在哪裏呢？」我問道。

「住在城鎮盡頭的歐克森索普街，至於詳細的地址就不得而知了。不過，只要到那裏一問就會知道，你就到那一帶去找一找那位偉大的醫生吧！」

我向拾貝老人道謝以後，趕緊帶著受傷的松鼠，往歐克森索普街走去了。

來到市場時，耳邊傳來如此的吆喝聲：「肉！肉！有沒有人要肉呀！……」

「那不是賣肉的馬休嗎？」我不禁想到：「馬休認識很多人，他一定會知道醫生的家。」於是，我三步併做兩步地跑到市場去，在那裏看到了馬休。

「馬休叔叔，」我叫住他：「你認識杜立德醫生嗎？」

「杜立德醫生嗎？」馬休叔叔說道：「你問我認不認識他，我要告訴你，我認識他就好像認識我的太太一樣。我和他很熟呢！他是一個很偉大的人，——也是一位很偉大的醫生呢！」

「你能不能告訴我，醫生住在哪裏呢？」我拜託他。「我要把這隻松鼠帶去給醫生看，牠的腳斷了。」

「這很簡單，我正要到醫生家附近去呢！我帶你去好了。」

於是，我和馬休叔叔一起離開。

「很久以前，我就已經認識醫生了。」走出市場時，馬休叔叔對我這麼說：「但是，現在醫生好像出海去了。不過，相信他很快就會回來。總之，我把他住的地方告訴你，那麼你隨時都可以去拜訪他。」

在通往歐克森索普街的路上，馬休叔叔把他所尊敬的醫學博士約翰·杜立德醫生的事情告訴我。他興高采烈地說著，以至於忘了一路上叫喊著：「肉！賣肉呀！」

當我們發現時，才察覺到聞到肉味而來的狗，已經跟隨在我們身後了。

馬休把肉屑丟給狗兒們，我一邊看著他的動作，一邊問道：「你說醫生出海去了，他通常都到哪裏去呢？」

「我也不知道。」他回答道：「醫生到哪兒去，什麼時候出去，什麼時候回來，這些事情誰都不知道。醫生家裏有很多動物，但是卻沒有一個人。每當醫生出去航海時，都會有偉大的發現。他上次從太平洋回來時，曾說在太平洋遇到美國印第安人的變種族呢！這種族分別居住在兩個小島，一個島上住著男人，一個島上住著女人，也可以說是野蠻人，但是他們也很會打扮哦！而且，每年會舉行一次祭典——可能就和我們的聖誕節一樣吧！——男人會到女人島上去拜訪。

我還要告訴你，杜立德醫生非常偉大哦！我相信再也沒有比他更偉大的人了。」

「那麼，爲什麼他這麼了解動物呢？」我問他。

馬休停下了腳步，彎下了身子，對我說了一聲耳語：「醫生會講動物的話呢！」馬休叔叔意味深長，以嘶啞的聲音說道。

「動物的話？」我重複道。

「是啊！」馬休叔叔回答道：「任何動物本身都會有牠們的語言，有些動物會說很多話，有些則不然。有的動物是以手勢來溝通，但是醫生對這一切都非常了解呢！——不論是飛禽或走獸的話，醫生全都知道呢！但是，這是醫生和我之間的秘密哦！如果被其他人知道這件事，一定會嘲笑我們。醫生不只是會說動物的話，還會把動物的話寫成字，什至還讓家中所飼養的動物看這些字呢！他用猴子語來寫歷史，用金絲雀語來寫詩，還用喜鵲的歌聲譜成歌曲呢！我不是在說謊哦，現在醫生正在研究貝殼所說的話。但是，這是十分困難的研究，因爲必須要把頭整個埋入水中才行。結果，前陣子他還得了嚴重的感冒呢！他眞是一位偉大的醫生。」

「我想，他一定很偉大。」我說道：「可是，希望他已經回來了。否則我就看不到他了。」

「你看，那就是醫生的家。」馬休叔叔說道：「你看在那街道轉角那間小小的屋子——在高高的石牆上，看起來就好像鳥兒停在那裏似地。」

這時，我們已經走出了城鎮。馬休叔叔用手指著的，是一間獨戶的小屋，這住家的庭院四周看起來非常寬廣。比道路更高的地方，豎立著數個在石階上的門。庭院中，種著豐美的果樹，結實累累。從遠處望去時，可以看到石牆上到處都有樹枝垂掛著。由於石牆非常高，因此除了果樹以外，什麼也看不到。

來到小屋前時，馬休叔叔爬上了門口的石階，我也尾隨在後。我以爲馬休叔叔會待在庭院中，但是門卻上了鎖。這時，小屋裏走出了一隻狗。馬休叔叔從門的格子間塞進了一些肉塊，狗即刻把它叼走了。然後，又塞進了紙袋。紙袋中，裝的是玉米、麥糠等東西。我後來發現這隻狗和其他狗不一樣，牠並沒有立刻在那兒把東西吃掉，而是把食物叼進屋裏去。這隻狗的脖子上掛著奇特的項圈，好像是黃銅製的，是屬於較寬的項圈。我們走下了石階。

「醫生還沒有回來，」馬休叔叔說道：「如果醫生回來了，門應該是開著的。」

「你剛才給狗的紙袋，裝的是什麼呢？」我問道。

「那是糧食啊！」馬休叔叔說道：「是動物們的食物啊！在醫生家裏，有很多的野獸和鳥。每當醫生不在的時候，都是由我把糧食交給那隻狗，再由那隻狗把它分配給其他的動物。」

「噢，那麼那隻狗戴的奇怪項圈是什麼呢？」

「是純金的項圈呢！」馬休叔叔說道：「你說的那個項圈是以前那隻狗和醫生到遠處去時，救了別人一命，因而送給牠的謝禮呢！」

「那隻狗在什麼時候來到醫生家裏呢？」

「好久囉！吉普的年紀已經大了，因此醫生無法帶牠去旅行了。但是，現在牠負責爲醫生看家。每個星期的星期一和星期四我會拿著食物來，從門的格子之間把食物交給狗。醫生不在的時候，沒有人可以進入這庭院中。——那隻狗認識我，但是我也不能越雷池半步。——總之，醫生是不是回來了，只要來到門口就會知道。如果他回來了，門一定是開著的。」

我回到了自己的家，在舊木箱中放一些稻草，然後把松鼠放進去。直到杜立德醫生回來之前，儘可能地照顧松鼠。

於是，我每一天都會來到城鎮盡頭的大庭院旁，看看小小的杜立德醫生家的門是否打開了。有時候，也會看到吉普這隻狗出現在門後，彷彿和我打招呼似地。那時候，吉普會不斷地搖著尾巴，很興奮似地看著我。但是，絕對不允許我進入庭院。

第三章、醫生的家

到了四月末時，某一個星期一的下午，我的父親要我把已經修好的鞋子送到對面城鎮客人的家裏去。那雙鞋子是彆扭的克洛尼爾．貝洛斯先生的。

我來到了貝洛斯先生的家，按了玄關處的門鈴。貝洛斯先生打開門，滿臉通紅地對我叫著：「繞到後門去，——繞到傭人專用的門那兒去。」然後，關上了門。

我眞想把手中拿著的鞋子丟到花壇中。但是，我害怕回去後要挨父親的罵，因此只好忍耐著。我繞到後門去，把鞋子交給貝洛斯先生的太太。克洛尼爾夫人是個身材矮小的女子，看起來畏畏縮縮地，她很可能正在做麵包，手上沾滿了麵粉。我猜想，克洛尼爾夫人很可能是害怕貝洛斯先生的吼叫聲，而顯得畏畏縮縮地吧！我出現在大門口，貝洛斯先生如雷的咒罵聲很可能都傳到這兒來了。

夫人低聲問我：「要不要吃麵包，或是喝牛奶呢？」我說道：「好的。」

我吃了麵包，喝了牛奶，向夫人致謝後就走了出去。但是，在回家之前，我想先去看看醫生是否回來了。實際上，今天一大早時，我就已經到杜立德醫生家去看過一次。爲了愼重起見，我還想去看看，因爲那隻受傷的松鼠絲毫未見起色，令我感到十分擔心。於是，我繞個彎，朝歐克森索普街走去，打算到醫生的家一探究竟。在中途時，我突然發覺天空中烏雲密佈，好像快要下雨的樣子。

到了醫生家門前時，門還是上了鎖，我感到非常失望。這一個星期，我每一天都來到此地，狗兒吉普站在門前，像平常一樣對我搖搖尾巴。後來終於坐了下來，好像是在看著門，不讓我進去似地。

我很擔心我的松鼠在醫生回來以前，撐不下去就死了。於是，我悲傷地走下石階，往回家的方向走去。

天空一片黑暗，日頭已近黃昏，我這才發現似乎已到了吃晚飯的時間了。當然，我並沒有手錶。但是，從對面走來一位紳士，走近一瞧，原來是先前見過的貝洛斯先生正在散步呢！

貝洛斯先生穿著漂亮的外套，拿著手杖，戴著美麗的手套。雖然天氣並不冷，但是他卻穿得如此隆重，好像裹著一張毛毯似地。我問貝洛斯先生，現在是幾點鐘了。

貝洛斯先生停下腳步，用鼻子哼了一聲，瞪著我。原本紅通通的臉變得更紅了，好像是叫嚷著一般的以破鑼似的嗓子說道：「你這個……」貝洛斯先生大叫著：「你這個小子，難道你以爲我會爲了你這小子而浪費時間嗎？而且，還要我特意脫下外套的釦子嗎？」貝洛斯先生說著，接著鞋子發出了巨大的響聲，哼著鼻子又離去了。

我怔怔地呆在當場，一動也不動，在那兒想著到底要到我幾歲的時候，貝洛斯先生才會爲我拿出手錶來，告訴我時間。這時，下起黃昏的陣雨來了。

我從來沒看過這麼大的雨，四周有如黑夜一般地黑，颳著風，雷雨交加，然而四周卻沒有可以避雨的地方。於是，我只好低著頭，頂著強風，朝著自己的家走去了。

但是，當我朝前走去時，不知道頭撞到了什麼柔軟的東西。我想要知道這是什麼東西，而抬頭一看時。在我的眼前出現一個擁有一張親切的臉龐，身材矮胖的人。他和我一樣，在潮濕的道路上冒雨前進。這個人戴著一頂老舊的斯文禮帽，手上拿著一個小小的黑色皮包。

「對不起，」我說道：「因爲我一直看著地面，所以我沒有看到你。」

這時，讓我感到驚訝的是，這身材矮小的人笑了起來。這個人被我撞了一下，不但沒有生氣，反而笑了起來！

「不，對不起，我只是剛好想到了某一件事情……」那個人對我說道：「當我去印度的時候，有一天的黃昏時分下了一場大雨，我撞到一個女人，那女人頭上正頂著裝著蜂蜜的壺，接下來的好幾個星期，我的頭髮好像棒棒糖一樣黏，而蒼蠅一直在我頭上打轉呢！——你有沒有受傷啊？」

「沒有，」我回答道：「不要緊。」

「雖然你有錯，但是我也有不對的地方啊！」這身材矮小的人說道：「我和你一樣，也是看著地面。——但是，在大雨中我們似乎不應該站在這兒談話，你看你全身都淋濕了。我也濕了，你打算回到哪兒去呢？」

「我家在城鎮的盡頭。」我站在那兒和那人聊起天來。

「噢，這麼說來，這趟路很遠！」這人說著：「看來雨會下個不停，到我家換件乾衣服吧！這一場傾盆大雨應該不會下很久的。」

這個人牽著我的手，我們倆一起朝前走去。我不禁在猜想著，這身材矮小而奇妙的人到底是誰呢？他到底住在什麼地方呢？我初次見到這個人，與他素昧平生，但是他卻帶我到他家裏去，要給我乾淨的衣服穿。和先前連時間都不告訴我，紅著臉的貝洛斯先生相比，實在有天壤之別。但是，不久以後，我們就停下了腳步。

「就是這兒。」那個人說道。

這到底是什麼地方呢？我抬頭一看，才發現這兒原來是被廣大庭園包圍著的小住屋的石階下。我的新朋友已經走上了石階，從口袋中掏出鑰匙來，打開了門。

「那麼，這個人是……」我在那兒想著：「眞的是那人嗎？難道他就是偉大的杜立德醫生嗎？」

雖然我聽說過很多有關杜立德醫生的傳聞，但是在我的想像中，他是一位看起來魁梧而偉大的人，沒想到他卻是一位個子矮小，擁有溫柔臉龐的人。這個人就這樣爬上了石階，以熟悉的手法打開了門。這個門的確是我每天來到此地看著的門。

狗兒吉普跑了過來，好像非常高興看到那個人似地，並跳到那個人身上，不斷地叫著。雨下得更大了。

「你是杜立德醫生嗎？」我通過狹窄的中庭時，大聲地問他。

「我就是杜立德醫生。」醫生一邊這麼說，一邊用和先前用的同一串鑰匙打開了玄關的門。

「進來吧！不必脫鞋，別管什麼泥巴了。趕緊進來吧！」

於是，我跑了進去。醫生和吉普也跟在我的身後進來了。然後，醫生關上了門。

由於暴風雨的來襲，使四周看起來非常黑暗。關上門以後，屋裏一片黑漆漆地，看起來就像黑夜一樣。這時，我聽到了世間珍貴而奇妙的聲音，那是各種動物和鳥類一起鳴叫的聲音，也可以聽到有東西從樓上滾落下來，還有東西從走廊上跑出來的聲音。在黑暗中，聽到鴨子呱呱地叫著。公雞高昂的啼聲，鴿子咕嚕咕嚕的聲響，貓頭鷹呵、呵地叫著，山羊咩咩地叫著，吉普也在那兒大叫著。我可以感覺到鳥飛掠我的臉，拍打著翅膀的聲音。我的腳不斷地碰到一些東西，令我差一點跌倒，好像四周全都是動物一樣。暴風雨聲和動物的各種叫聲傳到我耳裏，讓我覺得自己幾乎都快聾了。我感到有點害怕，這時醫生捉住我的手臂，在我耳邊對我大聲說道：「你不要害怕，也不要感到驚訝，這是我那些可愛的動物們。我已經離家三個月了，因此現在牠們看到我，都感到很高興。在還沒有點亮燈之前，你就站在那兒。這場暴風雨眞是好大啊！你聽聽那雷的聲響！」

於是，我佇立在黑暗中，在這期間，我眼睛看不到的一些動物們來到了我的身邊。在我進到這屋子之前，我根本不知道杜立德醫生是一個什麼樣的人，以及住家裏面到底有些什麼東西，我壓根兒沒想到會是這樣的情形。由於醫生緊緊的捉住我的手臂，我害怕的想法完全消失了。只是覺得自己有點頭暈目眩，好像是在做一個奇妙的夢一樣。我覺得自己眞的是在夢境裏，當我這麼想時，耳邊又傳來醫生的聲音。

「火柴全都被打濕了，沒有辦法點著火，你有沒有火柴啊？」

「沒有，我沒有。」我回答道。

「啊，不要緊。」醫生說道：「達布達布，去把蠟燭拿來。」醫生用舌頭發出了奇妙的聲音。這時，聽到有人爬上樓梯的聲音，接著又聽到二樓房間中傳來聲響。

我們等了很長的一段時間，並沒有發生什麼事情。

「怎麼蠟燭還沒有拿來呀？」我問了一聲：「好像有東西坐在我的腳上吔！我的腳尖都麻痺了。」

「馬上就來了。」醫生說道：「你看，已經拿來了。」

這時，在樓梯上看到了亮光，而動物們都保持安靜。

「醫生，我以爲你是獨自一人住在這裏呢？」我問醫生。

「是呀！」醫生說道：「現在拿蠟燭來的是達布達布呀！」

我抬頭往樓梯的方向望去，想看看到底是什麼東西，但是因爲樓梯有轉角，所以看不到上面。不過，卻聽到了奇妙的腳步聲，好像是有什麼東西用一隻腳一階一階地跳下樓梯的聲音。

終於亮光逐漸靠近了，四周漸漸地明亮起來。動物們到處飛舞著，跳著的奇妙身影，因爲亮光投影在牆壁上。

「啊！終於來了。」醫生說道：「達布達布還是很有用嘛！」

這時，我認爲自己一定是在做夢。爲什麼呢？因爲在樓梯的轉角處，出現了一隻全白的鴨子。鴨子伸長了脖子，看了看下面，一隻腳拿著點著火的蠟燭。

第四章、伊夫、瓦夫

當我平靜下來時，才放眼看了看四周。這時候，在屋子的入口處幾乎已經沒有立足之地了，到處充滿著動物。在我四周，有各種的動物，鴿子、白老鼠、貓頭鷹、獾、小烏鴉等，全都聚集在這兒。——在這其中，甚至還有一隻小豬。這隻小豬從被雨淋濕的庭院中走出來，正用抹布在那兒擦著腳呢！桃紅色的背部在燭光的照耀下閃閃發亮。

杜立德醫生從鴨子那兒接過蠟燭，看著我說道：「你要先脫下濕衣服才行。——你叫什麼名字來著？」

「湯米．史塔賓斯。」我回答道。

「哦，原來你是鞋匠傑可夫．史塔賓斯的兒子。」

「是的。」我回答道。

「嗯，你的父親……是個好鞋匠。」醫生抬起右腳來，把他穿著的大鞋子展示在我的眼前，並說道：「你看，你的爸爸在四年前為我做的鞋子，我經常穿著，是非常牢固的鞋子哦！史塔賓斯，你的濕衣服要趕緊脫掉才行。還要再點根蠟燭，請你稍待一會兒。我到二樓去，找一找看有沒有乾的衣服。在爐火還沒有烤乾你的衣服以前，你必須先穿我的舊衣服囉！」

在燭火的照耀下，我們爬上了二樓。醫生進入寢室中，打開了大衣櫃，拿出兩套舊的衣服。我們穿上了乾衣服，把脫下來的濕衣服拿到廚房去，在大的爐子中生起了爐火。由於醫生的衣服實在太大了，因此我從地下室把柴火搬上來時，還得用另一隻手抓住衣服的下襬。這時，火已經燒得很旺了，於是我們把衣服放在椅子上烤乾。

「我們來做晚飯吃吧！」醫生說道：「史塔賓斯，你也和大家一起吃吧！」

現在，我已經很喜歡這個愉快而矮小的人。首先，他並沒有叫我「湯米」或「孩子」，而稱呼我「史塔賓斯」。（我最討厭別人叫我「孩子」了。）

我覺得這位醫生從一開始就把我看成是他同輩的朋友一樣。當醫生邀我共進晚餐時，我感到非常高興。而且，也覺得非常驕傲。

但是，這時我突然想到，如果我這麼晚還不回去，媽媽一定會很擔心。於是，我很失望地說道：「眞是謝謝你了，我很想要和你一起吃晚餐。但是，如果我這麼晚還不回去，媽媽會很擔心，不知道我到哪裏去了。」

「說得也是，不過，史塔賓斯，」醫生邊說著，邊把柴火丟到爐子裏。「你的衣服還沒有乾呢！一定要等到衣服乾才行呀！在此之前，我必須要準備晚餐，和我們一起吃吧！對了，我的皮包放在哪裏了？你知道嗎？」

「還擱在玄關呢！我去看一看吧！」

皮包擱在玄關的門邊。黑色的皮包看起來已經很舊了，鎖已經壞了，而用繩子綁著。當我把皮包交給醫生時，他對我說道：「謝謝。」

「醫生在旅行時，隨身的行李只有這個皮包嗎？」

「是的。」醫生一邊解開繩子，一邊說道：「我不喜歡帶著一大堆的行李出門，因為實在太麻煩了。人的一生非常短暫，像行李這一類煩人的東西根本是不需要的。咦，我把香腸放在哪裏去了？」

醫生在皮包中找著，首先拿出了一個麵包，然後又拿出一個金色蓋子的玻璃瓶。醫生似乎很重視這個瓶子，小心翼翼地把它放在桌子上。瓶子裏，有奇怪的水中動物在那兒游泳。後來，醫生終於從皮包中掏出了一磅香腸。

「啊！在這兒。」醫生說道：「現在只要有個煎鍋就可以了。」

兩人一起到廚房去，在那兒找到了鍋子和煎鍋，這些烹飪用具都掛在牆上。醫生拿下煎鍋一看，內側已經生銹了。

「啊呀！啊呀！你看。」醫生說道：「長時間不在家，最讓我感到困擾的就是這一點。動物們能把事情做得很好，相信你會感到很意外吧！牠們把家裏都打掃得很乾淨。達布達布眞是無話可說的管家。但是，也有動物們無法處理的事情。首先，我們必須要先處理這個鍋子。史塔賓斯，在這流理台下有牙粉，你拿出來吧！」

不久之後，醫生開始刷洗煎鍋，把鍋子放在火上，再把香腸放進鍋子裏。這時，肉香四溢。在醫生忙著做料理的時候，我又看著瓶子裏奇怪的水中動物。

「這是什麼呀！」我問醫生道。

「噢，那個呀！」醫生回頭看著我說道：「那是伊夫．瓦夫，因爲牠經常搖著尾巴，因此土人們叫牠伊夫．瓦夫。——我是爲了捉牠，所以才作了這一趟旅行。現在，我正忙著學貝類的語言。當然，貝類本身也有牠們的話，我不是騙你的哦！所有水中的動物，我學會了鯊魚話和海豚話，但是我最想學的是貝殼話。」

「爲什麼呢？」我問道。

「因爲有一種貝殼在我們所知道的生物中，是從古老的時代繁衍下來的。在岩石中，有時候也會發現貝殼。——雖然已經成爲化石了。——是數千年前的東西。因此，如果能學會貝殼話，就可以知道從前的世界是什麼樣子。」

「可是，可以詢問其他的動物呀！」

「牠們不見得會知道吧！」醫生用叉子叉著香腸，說：「在非洲，我所見到的一些猴子會說以前的事情，但是牠們所知道的，也僅限於一千年前的事。至於更久以前的事，牠們就不知道了。我想，在這世界上，擁有最古老的歷史的，應該是貝類吧！在很久以前生存的動物，現在很可能已經絕種了。」
「現在，醫生已經研究完成了嗎？」我問道。
「不，才剛開始呢！所以我才要去找這種特殊的魚，爲什麼呢？因爲這種生物一半是貝類，一半是魚。爲了要找牠，我一直航行到東邊的海。遺憾的是，這對我的研究似乎一點也沒有幫助。老實說，對於這種結果，我感到有點失望。因爲牠看起來似乎並不聰明。史塔賓斯，你有何想法呢？」
「的確是這樣，牠看起來並不聰明。」我很老實地回答。
「香腸好了，把你的盤子拿來，放在這兒。──拿到桌上去吧！」
於是，我坐在桌前，吃著美味的食物。
這是非常好的廚房。後來，我又有好幾次都在這兒吃東西，我認爲這裏的食物可以媲美世界任何最好的餐廳。
那是因爲這裏是一個令人感到輕鬆而溫暖的地方。吃東西時，不需要太多道的手續，把食物從火上拿下來，放在桌上，立刻就可以吃了。而且，可以一邊喝著湯，一邊注意到鐵絲網上的麵包，以免它烤焦了。即使忘了把鹽放在桌子上，也不必到另一個房間去拿，只要伸一伸手，就可以從架子上拿到很大的鹽罐了。
還有，就是廚房的爐子──這可以說是世界上最大的爐子吧！正確地說，應該算是一個房間。當熊熊烈火在燃燒時，什至還可以鑽進爐子裏去呢？不但可以坐在爐子兩邊的座椅上，吃完飯以後，還可以烤栗子來吃。——這時，可以聽鐵壺中開水燒開的聲音，一邊談著話，或就著爐火的光芒看畫本。這實在是令人感到很舒服的廚房，既溫馨又舒適——這種感覺就好像杜立德醫生的人品一樣。

就在我們吃飯的時候，門突然打開了。鴨子達布達布和狗吉普走了進來。這兩隻動物拖著乾淨的床單和枕頭套，走到清潔的瓷磚上。醫生看我吃驚的樣子，對我解釋道：「牠們想把我晚上要用的寢具用火烤乾，達布達布眞是很好的管家，把任何事情都料理得妥妥當當。以前，我的妹妹爲我打理一切，但是我卻比較喜歡達布達布。（可憐的妹妹莎拉不知道她現在到底怎麼樣了，我已經很久沒有見到她了。）你還要不要再吃一根香腸啊？」

醫生說著，邊回頭以手勢和奇妙的言語向鴨子與狗在交談著。動物們似乎非常了解醫生在說些什麼。

「醫生，你會說松鼠的話嗎？」我問道。

「我當然知道啊！因爲這是很簡單的話，就連你很快也會記住了。不過，爲什麼你會問這個問題呢？」

「因爲在我那兒有一隻受傷的松鼠。」我說道：「我從老鷹的利爪救下了松鼠，但是牠的兩隻腳都受了重傷。因此，我希望把松鼠帶來給醫生看看。——明天我把松鼠帶來好嗎？」

「可是，如果腳斷了，還是今晚去看牠較好。現在已經很晚了。不過，我看我還是和你一起去看一看。」

這時，醫生摸了摸正用火烤的衣服，而發現我的衣服已經乾了。

我把衣服拿到二樓的寢室，重新換上了自己的衣服。走到樓下時，發現醫生已經拿著裝滿藥物和綳帶的皮包在等我了。

「快來吧！雨已經停了。」醫生說道。

天空又亮起來，黃昏的天空被即將沉沒的夕陽染紅了。我們打開門走下石階時，庭院中傳來黑鶇的叫聲。

第五章、波里尼西亞

「在醫生您的家，眞是非常愉快，這可以說是我以往所見過的人家中，最愉快的一家了。」我邊說、邊和杜立德醫生一起朝城鎭走去。

「我明天還可以來拜訪您嗎？」

「當然囉！」醫生說道：「你喜歡的話，隨時都可以來拜訪我。明天我們一起到庭院裡去散步，讓你看看我的動物園。」

「咦？你有動物園嗎？」我很驚訝地問道。

「有啊！」醫生說道：「太大的動物無法進入家中，因此就放在庭院的動物園中。動物的數目不多，但都是一些有趣的傢伙。」

「如果能像醫生這樣，學會很多動物話的話，這眞是太棒了。假如我勤加練習，是不是也可以學會動物話呢？」我問道。

「也許，應該可以辦得到吧！不過，要多加忍耐哦！首先，你可以和波里尼西亞說話，剛開始時，我也是向波里尼西亞練習的。」醫生說道。

「波里尼西亞是誰呀？」我問道。

「波里尼西亞就是我所飼養的鸚鵡呀！但是，牠現在已經不在了。」醫生悲傷地說。

「爲什麼呢？……牠已經死了嗎？」

「不，沒有死。」醫生有點哀傷地說道：「波里尼西亞還活著……至少，我祈禱是這樣的。當我帶波里尼西亞到非洲去時，由於牠回到了自己的故鄉，感到非常高興，甚至高興地哭了出來。因此，當我要回到這兒來時，不忍心把波里尼西亞從那充滿陽光的國家中帶回來，雖然牠眞的很想跟我回來，但是我卻把牠留在那裡了。和牠分別的時候，我眞的覺得非常寂寞，而牠也流著淚和我道別。不過，老實說，我認爲我這麼做是對的。牠可以說是我所有的朋友中，最好的朋友之一。是牠讓我想去學動物們所說的話，是牠讓我成爲動物學家。我經常都很掛念牠，不知道牠在非洲是否過得很幸福。但是，我經常會忍不住在想，是否還有機會再見到那隻有趣、年紀老大不小了，可愛而又喜歡裝模作樣的鸚鵡……那隻老波里尼西亞……是非常非常聰明的鳥……眞的很聰明。」

這時候，不知道誰從後面追上了我們。回頭一看，竟然是狗兒吉普，牠匆匆忙忙地跑了過來。吉普好像不知道遇到什麼大事似地，來到我們的身邊，發出奇妙的聲音，並看著醫生，對他叫著。

這時，醫生有點雀躍似地對牠說話。看到他們的樣子，我實在覺得非常奇妙。

後來，醫生很高興似地看著我說道：「先前我向你提到的波里尼西亞回來了。吉普說，現在波里尼西亞已經回到我家了。這眞是令我感到驚訝……已經五年。啊！等一等。」醫生叫道。

當醫生想要飛奔回家裡時，這時鸚鵡波里尼西亞已經朝我們這兒飛來了。醫生看到鸚鵡時的神情，就好像小孩看到了新玩具的神情一樣，高興得緊握著雙手。這時，路旁有一群麻雀啾啾地飛過，麻雀們看到非洲產的灰色略帶翡紅色的鸚鵡出現在小路時，一副很驚訝的樣子。

鸚鵡很自然地飛到醫生的肩膀上，用我一點都不了解的話語在那兒和醫生交談著。當談話告一段落時，醫生才突然想起我和吉普都在身邊。而且，也突然想到了我的松鼠。這隻鳥好像正在問醫生一些有關於我的事情。

「啊！對不起，對不起，史塔賓斯。」醫生說道：「我和老朋友見面，眞是快樂得很。可是，現在我必須趕緊去爲你診察松鼠……波里尼西亞，這孩子是湯米．史塔賓斯。」

鸚鵡站在醫生的肩膀上，很嚴肅地向我行禮，然後出乎我意料之外地以英語清楚地對我說：「你還好吧？你出生的那一天晚上，我都知道哦！那是個寒冷的夜晚，你剛出生時，是個全身通紅的嬰兒呢！」

「史塔賓斯很想學動物的話呢！」醫生對鸚鵡這麼說：「剛才，我向他提到你，以及有關你教我動物話的情形。結果，吉普就跑了過來，告訴我你回來了。」

「可是，」鸚鵡對著我說道：「我只是幫助醫生學動物話。我在剛學人類的語言時，醫生必須要告訴我其中的意思，否則我就無法幫他。大家都知道，我們鸚鵡會說人類的話，但是卻不知道話中的意思。鸚鵡能夠立刻學會人類所說的話，——換言之，就是即使不知道其中的意思也會說。可是，在牠說了人類的話以後，人類都會給牠一塊餅乾，向牠道謝。」

這時，我們已經往我家的方向出發了。吉普走在我們前面，波里尼西亞則站在醫生的肩膀上。這隻鳥娓娓地道出在非洲所遇到的一些事情。而且，牠所說的話也是我聽得懂的人類的話。

「班波王子現在怎麼啦？」醫生問鸚鵡。

「醫生，你問得好。」波里尼西亞說道：「我忘了他了。不過，醫生你想他現在正做些什麼呢？……班波，已經來到這兒了。」

「來到這兒了！——眞的嗎？」醫生叫道：「他到底在什麼地方，做些什麼事呢？」

「班波的父王，也就是那個國王，嗯，該怎麼說呢？他送他到牛津（本意是公牛之意）去深造了。」

「牛津！你是說牛津嗎？」醫生不禁大叫了起來。「我從不曾聽說過這個地名，你眞的是說牛津嗎？」

「是呀！是牛津啊！這會讓你想起家畜的名字吧！的確是牛津，他到那兒去了。」

「原來他到牛津去求學了。」

「班波離開家鄉的時候，場面眞是盛況空前。班波害怕得很，因為在他的國家，他是第一個到外國去的人。他很怕被白人中的食人族吃掉了。這些黑人哪！什麼也不知道。不過，他的父王對他說，現在所有的黑人國王都要自己的孩子到牛津去上學呢！換句話說，這是一種流行，班波想要帶六個妻子隨行，但是父王不答應。眞可憐，班波是流著淚出發的。送行的人也全都哭了。那盛況眞是空前絕後呢！」

「班波還在找睡美人嗎？」醫生問道。

「是呀！這是發生在你離開非洲以後的事，國王知道班波幫助醫生逃走之後，眞的是非常的生氣呢！」

「那麼，『睡美人』呢？班波有沒有發現那位公主呢？」

「對了，班波把『睡美人』帶回家去了。但是，依我看來，那是黑人中的白子，她的頭髮是紅的，並擁有一雙大腳呢！但是，班波卻非常滿意，還舉行了盛大的結婚典禮，把她娶了過來。宴會舉行長達一個星期呢！這女人是班波的第一位新娘，現在已經成爲王子夫人了。」

「那麼，班波現在還是白的嗎？」

「只持續了三個月而已！」鸚鵡回答道：「後來，又漸漸地恢復原來的膚色。不過，這樣也很好，免得到海邊去游泳的時候，只有臉是白的，其他部分全是黑的，看起來會很奇怪。」

「還有，奇奇現在怎麼樣了？」醫生向我說明道：「那是我在很久以前養的一隻猴子，名字叫奇奇。牠和我一起到非洲去，也留在那兒了。」

「醫生，說到牠嘛，……」波里尼西亞愁著臉說道：「奇奇過得並不幸福。每當我見到牠時，牠都說很想念你，你的家和庭院。眞是奇怪，我和奇奇都有同樣的想法。醫生，也許你會認爲我想要回到我的故鄉——非洲，但是非洲雖然是很好的國家——其他人也是這麼說的，你認爲我在那兒可能會過得很有趣，但是過了兩、三個星期以後，我們就已經覺得厭倦了。那裡的環境並不適合我們。有一天晚上，我下定決心回到這兒來，於是去找奇奇，把自己的想法告訴牠。牠並沒有阻止我，還非常支持我。牠也說牠很想回來。自從醫生你回來以後，我們的生活就變得非常無趣了。奇奇十分懷念你用動物語寫出來的書，還有在每天的夜裡，大家圍坐在廚房的火爐邊談話的情景，這使牠倍覺寂寞。雖然奇奇和其他動物相處融合，但是奇奇和我都認爲，這些人雖然對我們和其他的同類一樣，但是仍然認爲我們都是變種似地。可憐的奇奇，當我離開非洲時，牠放聲大哭。雖然牠有很多朋友，但卻認爲似乎只有我才是牠的朋友。奇奇說，有翅膀的我，可以自由自在地飛走，但是牠卻不能和我一起走，這實在太不公平了。當奇奇這麼說時，我安慰牠說——相信在不久的將來，牠一定能找到離開非洲的方法，因爲牠很聰明。我這麼鼓勵牠。」

他們一路上交談著，就這樣到了我的家。店面已經關上門了，但是媽媽還站在門口張望著。

「啊！晚安，史塔賓斯夫人。」醫生這麼說：「我把妳的孩子留得這麼晚，眞是對不起。因爲我們兩人是在一場大雨中相遇的，衣服全都濕了。在衣服還沒有乾以前，我把他留在我那兒吃飯了。」

「我不知道自己的孩子怎麼樣了，非常擔心呢！」媽媽說道：「謝謝你照顧他，還送他回來，你實在是太親切了。」

「不，談不上什麼照顧。」醫生說道：「不過，我們說了一些有趣的事情哦！」

「請問您是哪一位呀？」媽媽一邊看著停在醫生肩膀上的灰色鸚鵡，一邊問道。

「我是約翰．杜立德，妳的丈夫應該會記得我。妳的丈夫在四年前，爲我做了很棒的長靴呢！這眞是一雙很好的靴子。」醫生看看自己的雙腳，很滿意地說道。

「媽媽，醫生爲了要治療松鼠的傷，而到我們家來。」我這麼說：「只要是動物的事情，醫生什麼都知道呢！」

「不，不是的。」醫生說道：「史塔賓斯，我沒有你所說的那麼好。」

「你眞是太親切了，這麼大老遠還要麻煩你跑一趟。」媽媽說道：「我們家的湯姆（即湯米）很喜歡活生生的東西，經常從森林和原野中帶了許多生物回來呢！」

醫生說道：「也許，這孩子在將來會成爲偉大的博物學家也不一定呢！」

「醫生，請進來吧！」媽媽說著：「我們家還沒打掃呢！到處亂七八糟的，眞是對不起。不過，客廳中的暖爐已經生起火來了。」

「謝謝。」醫生說道：「讓人覺得眞舒適啊！」

醫生脫掉了長靴，擺好以後，走入家中。

第六章、受傷的松鼠

爸爸坐在客廳的暖爐邊，很專心地在吹笛子。通常，爸爸在晚上做完工作以後，都會獨自享受吹笛子的樂趣。

杜立德醫生見到父親時，兩人又在那兒談論笛子、長笛、豎笛之類的話題。爸爸問醫生道：「我想，醫生一定會吹笛子吧！希望你爲我吹奏一曲。」

「不，我好久沒吹笛子了。不過，我就勉爲其難吹一曲吧！」醫生如此說道。

醫生從爸爸手中接過了笛子，開始吹奏起來。眞是非常美妙的音樂，爸爸媽媽彷彿到教會去似地，凝視著天花板，渾然忘我地聽著笛聲，好像銅像一樣動也不動。

我除了會吹口琴以外，什麼也不會。但是，聽著那笛聲，卻覺得有點悲傷而寒冷，讓人覺得很悲哀似地。

「啊！眞是太美妙了。」媽媽在醫生吹奏一曲完畢以後，嘆息著說道。

「醫生是位偉大的音樂家啊！」爸爸這麼說：「眞是一位偉大的音樂家啊！還願意再爲我們吹奏一曲嗎？」

「你別開玩笑了。」醫生說道：「啊！我都完全忘了松鼠的事了。」

「我帶你去。松鼠在二樓，我的房間裡。」我說道。

於是，我把醫生帶到二樓我的寢室中，將放在鋪滿稻草箱中的松鼠給醫生看。

雖然我一直小心翼翼地，避免使松鼠受驚，但是牠卻好像很怕我似地。可是，松鼠在看到醫生時，卻立刻站起身來，開始在那兒說話。醫生也以同樣的語言和牠談話，爲了觀察牠腳上的傷，於是把松鼠捉了起來。這時，松鼠一點也不害怕，反而非常高興。

醫生用小刀切下火柴棒，做成夾板，綁住松鼠的腳，而我則用燭光照著。

「不久之後，腳傷就會痊癒了。」醫生一邊關上皮包，一邊這麼說。「但是，至少有兩個星期不能讓牠跑出去哦！而且，也不可以把牠擱在屋外。如果晚上很冷，就爲牠蓄一些柔軟的枯葉。還有，這隻松鼠獨自待在這裡，非常地寂寞。而且，牠很擔心自己的孩子。不過，我對牠說，你是值得依賴的好人。我對牠說，我會拜託我家庭院中的松鼠去找牠的家人，把牠平安的消息告訴牠們。絕對不要讓這隻松鼠覺得寂寞。松鼠這種動物是非常活潑的動物，要牠一直躺著，會讓牠覺得這是最痛苦的事。但是，不必擔心，事情一定會進展得順利的。」

於是，我們又來到了樓下的客廳。爸爸和媽媽又邀請醫生爲他們吹奏笛子，一直把他留到十點多鐘。

爸爸和媽媽初次見到醫生，就很喜歡他了。似乎覺得醫生出現在我們這樣的窮人家中，爲我們吹奏笛子，實在是一件值得驕傲的事。但是，當時他們一點也不知道醫生是個多麼偉大的人。當然，現在世界上的人都已經知道杜立德醫生這人，和他所寫的書了。現在，到泥窪鎮去，到我爸爸那簡陋的修鞋屋中，就可以看到在老舊門旁的牆壁上，用石子嵌著以下的字：

「著名博物學家約翰．杜立德博士在西元一八三九年，於此處吹奏笛子。」

我永遠也不會忘記這一天晚上的事情。每當閉上眼睛時，當天在客廳裡的情形，又會鮮明地印在腦海中。我忘不了醫生那溫和而親切，令人懷念的臉龐。在暖爐前，爸爸和媽媽分坐在正在吹奏笛子的醫生的兩邊，屏氣凝神地閉上眼睛，在那兒聆聽著。我則和狗兒吉普一起坐在醫生腳邊的台階上，凝視著暖爐中不斷燃燒的熊熊烈火。鸚鵡波里尼西亞停在醫生放著舊帽子的爐架上，有時候，頭部會隨著笛聲慢慢地朝左右搖晃著。這些景象仍然歷歷在目。

我們一直把醫生送到門外，再回到客廳時，不斷談論醫生的事情。甚至忘了夜已深沉。我從來沒有這麼晚才上床睡覺。儘管如此，躺在床上時，不可思議的是醫生吹奏的笛子和小提琴等的悠揚音樂，伴隨著聰明動物輕歌曼舞的姿態，整夜都出現在我夢中。

第七章、貝殼的故事

前天晚上，雖然熬夜熬得很晚，但第二天一大早我就醒來了，趕緊從床上跳了起來，穿上了衣服。打斷了一隻停在屋頂上麻雀的睡眠。

我很想到醫生家的動物園去看看，因此很早就起床了。這是我頭一次忘了吃早餐，儘量不吵醒爸爸、媽媽，踮著腳尖走下了樓梯，悄悄地打開了門，沒有任何人在那兒。我沿著清晨的大街跑了出去。

來到醫生家門前，我這才發覺自己太早來拜訪人家了。我擔心醫生可能還沒起床，看看庭院四周，沒有任何人。我無聲無息地打開門，走進中庭裡。

穿過小徑，轉向左邊時，突然傳來了人聲，叫喚著我。

「你早，今天眞早啊！」

我看看四周，發現鸚鵡波里尼西亞正停在籬笆上。

「你早。」我說道：「我好像來得太早了，醫生正在睡覺吧？」

「不，」波里尼西亞說道：「醫生在一個小時前，就已經醒了，請到家裡去吧！入口的門是開著的，不必擔心，快去吧！他可能是在廚房做早餐，也可能是在用功。我正在這兒等待日出呢！不過，今天早上的太陽一定是忘了升起了。我實在不喜歡這種天氣，和這兒截然不同的非洲，在早上這時候，到處都陽光普照。你看那高麗菜田還充滿著霧氣呢！光是這光景，就讓人覺得好像是得了風濕病一樣。這種天氣眞是令人討厭，爲什麼在早晨裡，霧總是那麼濃呢？啊！我的抱怨太多了，眞是對不起，趕緊去找醫生吧！」

「謝謝，我這就去找他。」我回答道。

打開了入口的門，聞到了肉香味，於是我往廚房走去。放在爐火上的大湯鍋，正冒著熱騰騰的蒸氣。爐子上的盤子裡，有肉和雞蛋。肉已經被火烤熟了，因此我連忙把盤子拿下爐子，就去找醫生了。

我在研究室找到了醫生。但是，當時我並不知道那是研究室，是非常有趣的房間，裡面有望遠鏡、顯微鏡，還有一些奇奇怪怪，我所不知道的東西。牆壁上，掛著一些罕見的動物或魚的繪畫。另外，還有採集來的鳥蛋標本，以及放在玻璃箱中的貝殼等。

醫生穿著家居服，坐在房間正中央的桌子前。這時，我想醫生可能正在洗臉，因爲他在裝滿水的四方形玻璃前，用右手塞住一邊的耳朵，而另一隻耳朵則按在玻璃箱中的水面上。當我走進去時，醫生站了起來。

「你早，史塔賓斯。今天天氣不錯嘛！我正在聽伊夫．瓦夫說話呢！但是，我眞是感到失望，對伊夫．瓦夫覺得失望。」

「啊呀！啊呀！」我說道：「這個貝殼不會說話嗎？」

「不，不是的，貝殼本身有其語言，但是牠只會說『是』或『不是』，『好冷』或『好熱』等五、六個單字而已！我已經非常失望了。但是，這貝殼一半是魚類，一半是貝類是很珍貴的罕見品種。僅就這點而言，對研究就已經很有幫助。」醫生這麼說道。

「不過，牠不是像個傻瓜一樣，只會說五、六個字嗎？」我說道。

「說得沒錯，但是這很可能是這生物目前的生活所造成的。目前，伊夫．瓦夫的數目可是非常少，獨自躲藏在大海洋的最深處。因此，一定沒有說話的機會，很自然地就忘了該怎麼說話了。」

「可是，成長爲較大的貝殼時，應該會說更多的話吧！很可能是你撿到的貝殼太小了吧？」我這麼說道。

「啊！你說得對。不過，最大的貝殼很難捉呢！只有在海底深處才能夠找到。由於貝殼不會游泳，因此，都會躲藏在海底，所以很難用網子撈到。我在想如何鑽入海底的方法，如果能做到，對研究會很有幫助。啊！我已經忘了吃早餐了。你也還沒吃吧？史塔賓斯。」

我告訴醫生，我忘了吃早餐，醫生立刻把我帶到廚房去。

「就是啊！」醫生從湯鍋裡舀了一碗湯端給我，並且對我說道：「如果人類能夠到達較深的海底，那眞是太美妙了。如果能夠在海底待上一陣子，就更棒了。到時，就可以發現一些意想不到的東西。」

「難道潛水夫不行嗎？」我問道。

「一定不行的。我也穿著潛水服想要鑽到海底，但是卻只能到海洋的較淺處。換句話說，潛水夫也不能鑽進太深的地方，我的目標是到達數公里深的地方。我總希望找個機會再嘗試一下，你還要不要再喝一碗啊？」

第八章、仔細注意

醫生和我愉快地共進早餐時，鸚鵡波里尼西亞走了進來，用鳥語對醫生說話。當然，我並不知道他們在說些什麼，但是醫生很快地丟下刀叉，走出房間了。

「醫生眞是很累啊！」波里尼西亞在醫生關上門的同時，以人類的語言對我這麼說：「醫生回來以後，所有的動物們都會接受他的檢查，像生病的貓、罹患皮膚病的兔子等等，有些人甚至大老遠地請醫生去他們家檢查。現在，在後門外有一隻胖胖的野兔，帶牠的小孩來了，把小孩抱在懷裡，哇哇大哭呢！一定是在無意中吃了毒草了，那小孩的母親也眞是太大意了。醫生有時候吃到一半，就跑了出去。在半夜裡睡得正好的時候，也可能被叫了起來。但是，醫生都會很高興地起床，幾乎都毫不在意。可是，他幾乎都沒有片刻寧靜的時候。我對醫生說：『你還是決定一個和動物見面的時間好了。』但是，醫生卻認爲如果這麼做，就太不親切，太不體貼了。動物們即使不舒服，臉上的表情也不會很難看。有時候，實在是太急迫，要趕緊檢查才行。」

「可是，生病的動物爲什麼不找其他醫生檢查呢？」當我這麼問時，波里尼西亞搖頭說道：「爲什麼？」牠叫道：「哪裡有醫動物的醫生呢？眞正能夠醫動物疾病的醫生，不只是杜立德醫生而已，的確是有獸醫的。可是，不會講動物的語言的獸醫，有什麼用呢？只要這麼想，相信你立刻就能了解了。例如：你或你父親生病時，如果請的是不懂人話的醫生來爲你們檢查，無法和病人交談的醫生……對不起，就好像你們這世界的獸醫一樣……醫生要吃的肉就放在火爐旁好了，那麼在他回來以前，才不會冷掉。」

「我也想要學動物的話，不知道我能不能學會呢？」我一邊把盛著肉的盤子放在爐上，一邊問鸚鵡。

「如果是你的話呢，」波里尼西亞問道：「你是不是很用功呢？」

「我不知道。」我很難爲情地說道：「我沒有上過學，因爲我家很窮。」

「是嗎？」鸚鵡說道：「我認爲你看起來並不像個頭腦不聰明的人。不過，你要知道，你是否會經常仔細注意事物呢？例如：停在蘋果樹上的兩隻白頭翁，你能不能仔細地看這兩隻白頭翁，到第二天時，還能分辨出哪一隻是哪一隻呢？」

「我不知道，我從來沒有試過。」我據實以告。

「但是，無論如何，」波里尼西亞用一隻腳抓起在桌子上的麵包屑，一邊說道：「注意鳥或動物的細微處是很重要的。這也就是培養所謂的觀察力，不論是走路的姿勢、頭擺動的姿勢、拍打翅膀的樣子；聞氣味時，鼻子的動作。還有，鬍子的動態，尾巴揮舞的方式等等。如果想要學習動物的話，首先必須要注意這些細節才行。很多動物都不是用舌頭來說話的。除了舌頭以外，

牠們會用呼吸、尾巴、腳來表達意思。就像獅子或老虎在很久以前，這些動物在遇到比自己更強而有力的動物們發出聲音的時候，都會害怕，而不敢發出聲音。但是，鳥類卻不是這麼做。牠們能夠隨時飛走或逃走，因爲牠們有翅膀。如果要學會動物的語言，仔細注意是很重要的。」

「似乎很困難呢！」我說道。

「而且，必須要多加忍耐才行。」波里尼西亞說道：「光是要學會五、六種話，要花很多時間。但是，如果你經常待在這兒，我也可以幫助你。只要稍微學會以後，就會迅速地進步。如果你認眞地學習，就能夠幫助醫生了。當然，我所說的就是幫他包紮繃帶，餵病人吃藥等簡單的工作。我想，你一定會做得很好。如果有人幫助醫生，讓他稍微休息一下，那就太好了。你一定能幫助醫生的。——不過，你一定要打從心底喜歡動物才行哦！」

「我很喜歡動物啊！」我叫道：「不過，不知道醫生是否願意讓我成爲他的助手。」

「那不要緊的。」波里尼西亞說道：「你可以學一點關於醫生做的工作啊！不如這樣，我也可以和醫生談一談。噓！醫生回來了。趕快把醫生的肉放回桌上吧！」

第九章、夢幻庭園

吃完早餐以後，醫生帶我去他的庭園。不，這庭園裏的事物，可以說比一般人家的庭園更有趣百倍。在我以往所見過的庭園中，這是最令我感到舒服，也是最能吸引我的庭園。剛開始時，我不知道有多寬大，但是後來我發現不管我走到哪兒去，好像都沒有盡頭似地。有時轉個彎，爬上石階，便會發現到處都是一些令人意想不到的景色。

庭園中，有著一般人所用的東西。有大片的草地，還有雕刻好的石椅。在草地上，處處垂掛著柳枝，隨風搖曳。地上鋪著小石子，小路兩側種著美麗的花朵，看起來好像是古老的街道一樣。另外，還有用美麗的大理石砌成的池子，池子裏有金色的鯉魚，楚楚動人的睡蓮與大青蛙。沿著菜園，用高大的磚瓦建造的圍牆旁，桃子結實累累，正在承受著陽光的照耀。還有一棵巨大的橡樹，樹木的中心是挖空的，裏面甚至可以躲四個人。另外，還有一些用石頭或樹木做成的雕塑品。在庭園的一角，還有屋外爐子。當醫生想要在戶外用餐時，就會在這兒烤肉。另外，在暑熱的夏夜裏，會躺在躺椅上睡覺。這時，夜鶯會不斷地在那歌唱。但最讓我感到有趣的是，在大榆樹頂端樹枝上的小住家，用長長的繩梯連接著地面。醫生在這裏用望遠鏡觀察月亮和星星。

那是一個不論再怎麼走，不論再怎麼探險，也不會感到厭煩的庭園。那是個經常會發生新鮮事物，而且在看了以後，會讓你覺得很有趣的庭園。我乍見醫生的庭園時，我就覺得生命是一種快樂的喜悅，心情也變得平靜下來，這眞是個「夢幻庭園」。

進入這個庭園中，首先我注意到的就是這裏面有許多鳥。在樹木上，會有兩、三個鳥巢。除此之外，還有許多野生動物，像貂、龜或鼬鼠等等。牠們都相處得非常好，另外還有各種顏色、大小不同的青蛙們，會從草地上跳到我臉上來。還有罕見的綠色蜥蜴，每當陽光普照時，就會坐在較容易曬到陽光的石頭上，瞇著眼睛，凝視著我們。這裏也有蛇。

「不要害怕。」醫生在我看到一隻黑色的大蛇而嚇到時，這麼對我說。我看到蛇越過道路爬行而來，嚇得停下了腳步。「那是沒有毒的蛇，這條蛇非常有用哦！能夠趕走對動物有害的東西。有時候，我在黃昏時吹著笛子，蛇也喜歡聽笛聲，會抬起頭來跳舞。」

「爲什麼會有那麼多的動物聚集到這裏來呢？」我問道：「我從來就不曾看過擁有這麼多動物的庭園。」

「可能是因爲有牠們愛吃的食物吧！而且，任何人都不會受到虐待與驚嚇。當然，這些動物們全都認識我，不只是牠們生病，當牠們的孩子生病時，也會把孩子帶到我所居住的庭園來。你看那兒，在日昏上的麻雀和在下方的黑鶇，正在那兒吵架呢！麻雀在每年夏天來到時，都會來到這庭院。牠是從倫敦來的，因爲牠會說都市的話語，因此鄉下的麻雀，每次都說那隻麻雀是很無聊的傢伙。不過，那隻鳥卻是非常有趣的鳥哦！牠很勇敢，但是卻很任性。每當大家在討論牠時，牠就會很生氣的大叫停止。牠是純粹生長在都市的鳥，住在倫敦聖保羅教堂附近，我們稱牠爲：奇普塞德。」

「難道這附近的鳥大多是來自於鄉下嗎？」我問道。

「大部分是的。」醫生回道：「不過，一般而言，在我們國家中，即使不是住在這附近的鳥，每年也會回來看我兩、三次。例如：你看那在金魚草附近徘徊的小傢伙，牠就是來自非洲。嚴格來說，這種鳥在這種氣候下，是不會來的，因爲實在太冷了。昨天晚上，我就讓牠睡在廚房裏。另外，還有在每年接近八月末時，會從遙遠的巴西來拜訪我的紫色天堂鳥。當然，今年牠還沒有來。還有兩隻來自熱帶地方，夏天會在我這兒度過的鳥。現在，我帶你去看看動物園。」

第十章、醫生的動物園

我想，在醫生的庭院中，恐怕再也沒有不曾見過的東西了。但是，醫生卻牽住我的手走下緩坡，來到道路上，這條道路彎彎曲曲地，又好像四通八達，來到了高大石牆邊的小門，醫生打開了門，門裏又有一個庭院。

我想，在這庭院中，一定會有很多動物。但是，卻看不到任何動物，反而是可以看到各處都有用石子做成的小小屋子，每個屋子都有窗子和入口。我們走到庭院時，每個石砌屋子的門都打開著，動物就從那兒飛出來了。

「醫生，這地方的入口是不上鎖的嗎？」我問道。

「是啊！我的動物園所有的入口都不是由外側，而是由內側打開的。因此，動物們可以自行上鎖。當不想受到來自於外界動物或人類打擾時，可以把自己鎖在裏面。換句話說，這動物園裏的動物如果要獨處，也可以隨牠們自己的意思去做。」

「眞是太好了，而且很乾淨呢！醫生，我不知道這些動物的名稱，你是不是可以告訴我呢？」

「好，我告訴你。在那兒，背部抵住小小的板子，在磚頭下嗅東西的小動物是鎧鼠（犰狳），是來自南非的動物。正和鎧鼠說話的，是加拿大土撥鼠。兩隻動物都住在牆壁下的洞穴中。另外，在池中還有兩隻看起來有點奇怪的小動物，那是俄羅斯的水獺。對了，我想起來了，在中午以前，我必須到城鎮去買一點胡蘿蔔回來才行。因爲今天店鋪會較早關門。你看，現在從小屋走出來的就是羚羊，屬於南非種，比平常的羚羊更小。你看，牠正打算走到雜樹林的對面呢！」

「啊！醫生，在那兒的是鹿嗎？」

「鹿在哪裏呢？」

「就在對面啊！」我用手指著，說道：「就在菜園邊，拼命嚼雜草的兩隻動物。」

「那個呀！」醫生笑著回答道：「那不是兩隻，而是一隻長有兩個頭的動物。在世界上，只有這一種兩頭動物。我把牠從非洲帶來這兒，那動物非常溫馴，在我的動物園裏，負責夜晚的警戒工作。到了晚上，一個頭睡覺，另一個頭則徹夜不眠的守候著。眞是非常方便呢！」

「有沒有獅子或老虎呢？」我一邊和醫生一起走著，一邊問道。

「不，沒有。」醫生說道：「這兒不能夠飼養。即使能夠飼養，我也不打算飼養。我走遍世界各地，也不能找到一隻願意被關在籠子裏的獅子或老虎，牠們很討厭被關起來。無法獲得幸福，而且絕對不會平靜下來。像獅子或老虎這種動物，永遠無法忘記自己所生長的國家，只要看牠們的眼睛，就會知道了。有如夢幻似的眼眸，好像夢想自己走在廣大的原野中，從自己的母親那兒學到追捕獵物的方法。夢想著能回到那黑暗而深沈的叢林。如果把牠們關在小小的籠子裏，那有什麼樂趣可言呢？」

醫生臉上露出嚴肅的表情，停下步伐說道：「想想看，在非洲迎向清晨的陽光，吹拂著棕櫚葉間的晚風，飄拂在牠們的臉上。在綠色的樹叢中，在星光閃耀的夜空下，在冷而涼的沙漠夜晚中，到處徘徊，去找尋獵物聽著劈哩啪啦的雨聲——這才是牠們的生活。我們又怎能把牠們關在籠子裏呢？把牠們關在籠子裏，一天只丟一頓死肉餵牠們，像看戲似的看著牠們。啊！史塔賓斯，絕對不能讓獅子和老虎住在籠子裏。」

醫生脹紅了臉，好像要哭出來的樣子。但是，突然又調整情緒，拉住我的手臂，臉上又浮現出在以往可以見到的快樂笑容。

「你還沒看過蝴蝶的家吧？而且，也沒有看過水族館。快來吧！我對於蝴蝶的家，感到很驕傲呢？」

走著走著，我們來到有籬笆圍繞著的地方。在籬笆裏，有數個如鳥籠一般，用鐵絲網編織成的小屋。這小屋中，盛開著色彩艷麗的花朵，有很多蝴蝶在花上翩翩飛舞。醫生手指著的一個小屋旁，陳列著一排開洞的小箱子。「那是孵化箱，有很多幼蟲都在裏面呢！這麼一來，蝴蝶或蛾就能盡情地到花園中去採食了。」

「蝴蝶也有語言嗎？」我問道。

「大概也有吧！不過，現在我已經不太記得了。」

就在這時候，波里尼西亞來到此地，說道：「醫生，在後門來了兩隻豚鼠。飼養牠們的孩子們沒有定時餵牠們吃東西，因此牠們逃了出來。牠們想知道，是不是能夠住進醫生家。」

「好的，」醫生說道：「把牠們帶到動物園去吧！讓牠們住進左手邊黑狐的家裏，請告訴牠們要守規矩。如果牠們想要吃東西，讓牠們吃個痛快吧！不過，史塔賓斯，現在我帶你到水族館去。我一定要讓你看看放貝殼的大型海水槽。」

第十一章、我的老師波里尼西亞

自從我去看過庭院和動物園以後，每天我都會到杜立德醫生家去。幾乎每天都會見到醫生，每天幾乎整天都待在醫生家裏。有一天晚上時，媽媽半開玩笑地說：「爲什麼你不乾脆把床搬到醫生家去，住在他家好了。」

不久之後，我也會幫助醫生，和他一起餵動物吃東西，或是在動物園搭建新的住家和圍牆。當醫生診察生病的動物時，我會擔任他的助手。我覺得我能夠發揮很好的作用，能夠幫助醫生。

不論任何事情，我做起來都覺得是快樂的（覺得自己好像是在新的世界中生活一樣）。我想，如果我不幫助醫生的話，醫生一定會覺得很不快樂。

鸚鵡波里尼西亞跟著我到處走，直到我完全了解爲止。剛開始時，我覺得自己不可能學會鳥所說的話，相信一定會很困難的。但是，年長的鸚鵡卻很熱心地教導我，波里尼西亞有時候也會生氣，而我也會遇到一些難題。但是，由於我不斷努力地學習，不久之後，我也能輕易地分辨鳥的婉轉叫聲。對於狗的動作表示，我也大致能了解。當我躺在床上時，已經養成了貼在木板上，側耳傾聽老鼠談話的習慣。而且，我會仔細地凝視著蹲在屋頂上的貓，或是在市場廣場上到處跳躍的鴿子等。

日子就這樣很快的消失了。在愉快度日的時候，每一天、每一週、每一月，就這樣如箭一般地消失了。醫生庭院中玫瑰花的花瓣終於散落，充滿綠地的草地上撒了黃色的落葉，夏大就這麼逝去了。

有一天，波里尼西亞和我在圖書室談話。這圖書室是有大暖爐，非常豪華的長型房間。牆壁從天花板到地板被塞滿的書架遮擋著。這些書包括故事書、與庭園有關的書、與醫藥和旅行有關的書籍等。我很喜歡看這些書，尤其是最喜歡醫生愛用的各國的地誌。

有一天下午，波里尼西亞和我一起看著醫生所寫的有關動物的書籍。

「眞是令人驚訝啊！」我說道：「沒想到醫生竟然擁有這麼多的書籍，整個房間裏堆滿了書，眞是太棒了！如果都能夠閱讀，眞是太好了。我相信書中所寫的東西非常有趣，你能夠閱讀嗎？波里尼西亞。」

「只能夠看一點而已！」波里尼西亞說道：「但是，在翻閱的時候，必須小心點，眞怕把書撕破了。還有好多書呢！沒有時間看了。這文字是K，而這是B。」

「在繪畫下，寫了這些字，到底是什麼意思啊？」我問道。

「我看看。」波里尼西亞說著，然後開始看上面所寫的字。

「B──A──B──O──O──N……，就是狒狒的意思。只要了解文字，讀起來也不困難。」

「波里尼西亞。」我說道：「我有件重要的事想拜託你。」

「什麼事啊？」波里尼西亞一邊整理右邊翅膀的羽毛，一邊回答。有時候，波里尼西亞會裝成自己好像是個恩人似地，用這種語氣和我說話。但是，我並不在意，畢竟波里尼西亞已經將近兩百歲，而我只不過是個十歲的孩子而已！

「你聽著！」我說道：「我媽媽說我經常到這兒吃飯，是件不太好的事。因此，我拜託你能讓我多為醫生做點事情。我可以住在這裏嗎？我可以做些園丁或工匠的工作，但是不需要工錢，只要讓我有地方可睡，有東西吃就夠了，你覺得怎麼樣呢？」

「也就是說，你想成為醫生的正式助手嗎？」

「是的。」我回答道：「你不是曾說過，我可以對醫生有幫助嗎？」

「我是這麼說過。」波里尼西亞稍微思索一下，說道：「我想，你應該會有幫助的。但是，你想在長大以後，繼續做這些工作嗎？你希望成為一個博物學家嗎？」

「是的。」我說道：「我已經下定決心了，我希望成為一個博物學家。」

「原來如此。那麼，我就到醫生那兒去，和他談談看。」波里尼西亞說道：「醫生在隔壁的房間——書房，你去悄悄地打開門，可能他在那用功也說不定。醫生會討厭在他用功的時候，別人去打擾他！」

我靜靜地推開門，看看另一個房間。首先，我看到的是一隻令我感到驚訝的獵犬，牠坐在暖爐前的台階上，豎著耳朵，聆聽醫生大聲地說話。

「醫生在做什麼啊？」我小聲的問波里尼西亞。

「那隻狗接到了牠的女主人寫給牠的信，因此拿來給醫生，希望醫生唸給牠聽，只是如此而已。牠是由住在城鎮對面，一個名爲米妮的女孩所飼養的狗。米妮在夏天時，和哥哥一起到海邊去了，結果讓這年紀老大的獵犬十分悲傷。因此，這女孩就寫信給牠，當然是用人類文字所寫的。這年紀老大的狗無法看信，因此把信拿到醫生這兒來。醫生把信翻譯成狗的話，唸給牠聽。信上一定是說米妮快回來了，你看那狗興奮的樣子，就可以知道了。瞧牠快樂的模樣。」

實際上，獵犬眞的是一副樂不可支的模樣。醫生唸完信以後，狗高聲的叫著，然後不斷地搖著尾巴，在書房中跳著。接著，嘴裏叼著信，不斷地發出喘息聲，說了一句話以後，就走出了房間。

「牠打算去迎接乘坐著馬車回來的女主人呢！」波里尼西亞小聲地說：「這隻狗對牠的主人竟然這麼忠實，眞是令我難以想像。只要你看過米妮就會知道，她是一個任性輕佻的女孩。」

第十二章、好主意

不久之後，醫生回頭向我們這兒瞧。

「哦？史塔賓斯，有什麼話要對我說嗎？進來坐吧！」

「醫生，」我說道；「我長大以後，希望像醫生一樣，成爲一個博物學家。」

「哦，你嗎？」醫生說道：「原來如此。你有沒有和你的父母親談過呢？」

「不，還沒有。我想先跟醫生談一談，再請醫生對我的父母親說。我希望成爲醫生的助手。昨天晚上，媽媽對我說，我不能夠經常在醫生這兒吃飯，對於這件事，我也想了很久。我想，如果我好好工作，就能夠在這兒吃飯、睡覺，這不是很好的方法嗎？」

「但是，親愛的史塔賓斯，」醫生笑著說道：「你隨時都可以在這兒吃一天三餐，我很高興你能夠到這兒來。而且，你也爲我做了很多事，我認爲我應該要付錢給你才對。到底你的想法是怎麼樣的呢？」

「是的，醫生，首先我希望您能去見我的父母親，希望您能告訴他們，如果我住在這兒爲您工作，醫生您就願意教我讀書寫字。畢竟，母親一直希望我學會讀書、寫字。如果不會讀書、寫字，就無法成為一個好的博物學家了。」

「沒這回事。不過，能讀書寫字，是一件很好的事情。只是博物學家也有很多種。例如：風評不好的年輕查爾斯．達溫，他畢業於劍橋大學，能夠讀書、寫字。還有，袞威擔任教授。但是，這些人當中，最偉大的博物學家，卻是連自己的名字都不會寫，ＡＢＣ也不會看的人呢！」

「那是誰呢？」我問道。

「他是一個神奇的人物，名字為龍格．亞洛，他是格爾丁．亞洛的兒子，是美國印第安人呢！」

「你見過他嗎？」

「沒有，」醫生回答道：「我從來沒有見過他。從來沒有一個白人見過這名男子，可能達溫都不知道有這麼一個人呢！這男子一向是和動物與印第安民族住在一起的。據說是住在秘魯的深山裡。不過，他不會在同一個地方待較長的時間，就好像印第安人中的流浪者一樣，會不斷地穿梭於各部落。」

「醫生，為什麼你會對這件事情了解得這麼清楚呢？」我不解地問道；「你不是沒有見過他嗎？」

「紫色天堂鳥全都告訴我了。根據這鳥的說法，那名男子是很偉大的博物學家。我以前在這鳥來的時候，就拜託牠為我傳達消息，我現在一直等待那隻鳥回來，看牠會帶回什麼訊息來。我實在很想要早點知道。現在已接近八月末了，希望那隻鳥能平安無事地回來。」

「那麼，爲什麼野獸和鳥在生病的時候，會到醫生這兒來呢？」我問道：「如果這印第安男子眞的那麼偉大，爲什麼牠們不到他那兒去呢？」

「也許，我的治療法比較時髦吧！不過，根據紫色天堂鳥的說法，亞洛的博物學知識眞的是淵博得令人感到驚訝，這名男子專門研究植物學，也就是有關草木的學問。但是，對於鳥或野獸等，他也知之甚詳。另外，對於蜜蜂或昆蟲等，也非常了解。不過，史塔賓斯，你眞的想成爲一個博物學家嗎？」

「是的，我已經下定決心了。」

「嗯。不過，這是無法賺錢的工作哦！眞的是沒辦法賺錢。偉大的博物學家通常不是有錢人，反而會不斷地花錢。可能會花錢買捕蝶網或放鳥蛋的器具。我長久以來都是博物學家，但是只有在最近才靠我所寫的書賺到一點錢而已！」

「我不需要錢，我只想成爲博物學家。這個星期四，您是否願意到我們家來，見一見我的父母親呢？我已經告訴他們，我要邀請醫生來了。到時候，醫生就可以把我的想法告訴他們了。然後，我就可以搬到這兒來，和醫生一起住。而且，當醫生要出外航海的時候，也可以帶我一起去呀！」

「哇，原來如此。」醫生笑了起來，說道；「原來你是想和我一起去航海呀？原來如此。」

「不管是哪一種航海，我都希望醫生能帶我去。如果有我爲您拿捕蝶網或筆記簿，那您不是輕鬆多了嗎？」

醫生用手指在桌上敲著，長時間地思考著。在這期間，我靜靜地等待醫生的答覆。醫生終於聳了聳肩膀，站了起來。

「那麼，史塔賓斯，這星期四我就和你一起去見你的父母親，把這件事情告訴他們。無論如何，我先和他們談一談好了。請你代爲轉告你的父母親，我很感謝他們的邀請。」

我像一陣風似地回到家裡，告訴爸爸、媽媽，醫生將會來訪。

第十三章、奇奇回來了

第二天，喝完茶後，我坐在醫生庭院的圍牆上，和達布達布說話。我從波里尼亞那裡學到了很多種語言，因此能不費吹灰之力地與大部分的鳥獸交談。達布達布是性情溫馴，年紀非常老的鴨子。不過，波里尼西亞比較聰明，並且有趣。達布達布已經長時間擔任醫生的管家。

我和達布達布坐在圍牆上，俯看著歐克森索普街。看到幾隻山羊在帕德爾比市場內，互相追逐。達布達布正告訴我，醫生非洲行的故事。以前，達布達布常陪著醫生一起去航海。

突然，城鎮那兒傳來奇妙的聲音。很多人在那兒交談著。我站在圍牆上，想看看到底發生了什麼事情。不久之後，繞過市鎮的轉角，一大群學校中的學生，追著一個衣衫襤褸，打扮怪異的女人走了過來。

「到底發生了什麼事呀？」達布達布叫著。

孩子們全都在那兒笑著，叫著。的確，站在前頭的女人眞的很奇怪，手非常長，肩膀嚴重向前彎曲。這女人戴著一頂有花邊的草帽，由於裙子太長，好像舞衣似地在地面拖著。寬大的帽子落在整個眼睛上，因此遮住她的臉。但是，當這個女人逐漸走近，孩子們的笑聲也愈來愈大時，

15 km
オタスンソーズ

我發現這女人的手是全黑的。而且，像個老巫婆似的，長有很長的毛。

突然，在我身邊的達布達布大聲地叫了起來，嚇了我一跳。

「啊呀！是奇奇！是奇奇！終於回來了！這些小傢伙竟敢欺負奇奇。我要好好地教訓他們。」

說著，達布達布跑向街道，呱呱叫著且迅速地向前跑，追趕著孩子們。孩子們嚇了一跳，連忙往城鎮的方向逃走。戴著草帽，打扮怪異的傢伙，目送一溜煙逃走的孩子離去。終於很疲倦地來到門口，這傢伙並沒打開門，只一蹤身就輕易地越過了門。同時，好像有四隻手似地，手腳並用。但是，當我偷看到她帽子下的臉時，才發現「她」原來是一隻猴子。

奇奇仍然蹲在門上，皺著眉，看著我。好像認爲我和其他的孩子一樣，會把牠當傻瓜一樣。奇奇跳進了庭院，把身上的穿著全都脫掉，而帽子則摺成兩半，丟到街上。然後，脫掉背心和裙子，粗魯地踐踏在這些衣物上，一腳把它們踢開。

不久之後，家中傳來尖銳的叫聲，波里尼西亞飛了出來。

然後，醫生和吉普也跑了過來。

「奇奇！奇奇！」鸚鵡叫道：「你終於回來了。我經常和醫生說你會回來的，你是怎麼回來的？」

大家都圍繞在奇奇的身邊，和牠的四肢握手，開心地笑著，詢問有關牠的一切。

然後，走進屋子裡。

「快到我的寢室來，史塔賓斯。」醫生回頭對我這麼說：「在大桌子的左邊抽屜裡，放著一個裝花生的袋子。我不知道奇奇什麼時候會回來，所以早就準備好了。等一下你去看一看達布達布有沒有準備好香蕉，奇奇已經有兩個月沒有吃到香蕉了吧！」

於是，我再次走到廚房去，這時發現大家都在傾聽奇奇的談話，奇奇正在說牠從非洲旅遊歸來的事。

第十四章、奇奇的船之旅

當波里尼西亞離開非洲以後，奇奇倍加想念醫生和帕德爾比的家，因此牠終於下定決心，無論如何都要和波里尼西亞一樣，回到家中來。有一天，牠到海岸去時，發現即將開往英國的船停在那兒，有許多白人和黑人都乘坐在這艘船上。奇奇也想乘上這艘船，但是卻被趕了下來。然而，在不久之後，看到一個大家族搭乘船隻。當時，牠看到這家族中的一個小孩，而想起自己自昔日起就很喜歡的表妹。

說到這裡，奇奇用猴子話說道：「那女孩長得和猴子一模一樣，後來我就想，自己應該裝扮成那女孩的樣子。只要換上人類穿的衣服，很可能就可以溜到船上去了。這眞是個很不錯的點子吔！我就這樣裝扮成那女孩了。」

於是，奇奇到附近的城鎭去，跳進一個窗戶開著的人家屋裡去，發現椅子上放著裙子、背心和帽子。實際上，那是一位時髦的黑人婦女的衣物，當時她正在洗澡。奇奇迅速地穿上衣物，很快地回到海岸，鑽進人群中，終於安全地上船了。但是，因爲不希望被人發現，所以決定躲起來。當船開往英國期間，一直都躲在暗處，直到夜裡大家都入眠以後，才出來找食物。

到了英國下船的時候，雖然奇奇極力裝著女孩的樣子，但是水手們已經看穿了牠是一隻猴子，水手們想要把奇奇捉起來飼養，可是奇奇卻很有技巧地溜掉了。登上岸不久後，就鑽進人群中。但是，距離帕德爾比還很遠呢！

奇奇的遭遇非常悲慘，每當通過城鎮時，孩子們都會笑謔地追著牠。什至還有壞人想要捉住奇奇，不讓牠逃走，使得牠只好爬上街燈的柱子，或從煙囪頂逃走。晚上，則躲在水溝中或倉庫裡睡覺。食物方面，只有採野果或野草莓來吃，歷經各種冒險與生命的危險以後，終於看到帕德爾比教堂的塔尖了。

奇奇說完話以後，一口氣吃掉六根香蕉，喝掉了一大碗牛奶。

「啊呀！」奇奇說道：「為什麼我不像波里尼西亞一樣，會長一對翅膀呢？那麼，我就能飛了。我戴上帽子，穿上裙子，看起來眞是很難看。我以前從來沒有遇過這麼悲慘的遭遇，從上岸到回來的路上，帽子老是像要從頭上掉下來一樣，要不然就是被樹枝勾住。長長的裙子經常絆倒我呢！眞不懂為什麼女人要穿這些東西呢？今天早上爬上山丘，看到令人懷念的帕德爾比，眞是非常高興啊！」

「你的睡床和以前一樣，放在清洗場的食器架上。」醫生這麼說：「我想，你可能會回來，因此擱在那兒。」

「是啊！」達布達布說道：「而且，冷的時候，也可以使用醫生的舊上衣，當成毛毯來蓋呢！」

「謝謝。」奇奇回答道：「回到家裡，眞是太好了。一切都和我走的時候一樣，只不過是掛在門後的毛巾換新了。我想睡覺了，因爲我睡眠不足。」

於是，我們全都走出廚房，來到清洗場。奇奇就好像跳上桅桿的水手一樣，跳到架子上。牠的身體縮成一團，原以爲牠會蓋上舊上衣，沒想到卻已經響起平穩的鼾聲了。

「令人懷念的奇奇能夠回來，眞是太好了！」醫生小聲地說道。

「眞是令人懷念的奇奇！」達布達布和波里尼西亞也這麼說。

我們全都放輕腳步走出了清洗場，靜靜地關上了門。

第十五章、成為醫生的助手

到了星期四的黃昏時分，我們家引起了大騷動。媽媽老是追問著我，醫生喜歡吃些什麼東西。我說，他喜歡吃排骨、糖醋丸子、油炸麵包、小蝦，還有加入蜜糖的派。因此，這天晚上，媽媽把這些菜餚做好了，放在餐桌上，等待醫生的到來。然後，到處來回地走著，看看是否有不周到之處。

終於門口處傳來了敲門聲。當然，我率先跑出去迎接醫生。

到了晚上，醫生拿了自己用的笛子來。吃完了晚餐以後（醫生說，食物非常美味），收拾好碗盤，醫生和爸爸便開始笛子的二重奏。

兩個人似乎都非常熱中於演奏，我真擔心他們忘了關於我的工作的事情。但是，醫生終於開口說道：「你的兒子希望能成爲博物學家。」

接著，醫生和爸媽展開了冗長的談話。等到談話結束時，已經是三更半夜了。剛開始時，爸爸、媽媽似乎都不太高興的樣子，他們一致認爲這只不過是小孩子的三分鐘熱度，相信不久之後就會厭倦了。但是，幾經談話以後，醫生對父親說：「史塔賓斯先生，就讓你的兒子待在我那兒兩年吧！在這兩年內，就會知道他是否眞的很快就厭倦了。在這期間，我會教他讀書、寫字，也會教他打算盤，這樣可以嗎？」

「你怎麼這麼說呢？」爸爸低下頭說道：「對於你的親切，我除了要表示感謝以外，不知道該說些什麼才好。但是，我卻希望這孩子能學做生意，以後才能養活自己。」

這時，媽媽說話了。媽媽認爲，讓我這麼一個年紀還不算大的小孩離家，她眞是非常不捨，想到就會流淚，但是她認爲這卻是一個讓我學習的好機會。

「爸爸，」媽媽說道：「這城鎭裡的孩子，在十四 十五歲以前，都會在中學就讀，因此讓湯米接受兩年的教育，也沒什麼不好哇！如果這孩子只會讀書、寫字，也不算是浪費時間啊！不過，老實說……」媽媽掏出手帕來，擦著眼淚說道：「如果這孩子不在，這個家會變得很寂寞。」

「如果妳希望的話，史塔賓斯夫人，」醫生說道：「每天都讓他回來看妳好了，反正住得又不遠嘛！」

父親終於也贊成了。於是，決定讓我和醫生一起住，爲醫生工作兩年，而醫生則教我讀書寫字。

「當然，如果我有錢的時候，」醫生又附帶說明：「湯米穿的衣服或日常用品等，我都會供應的。不過，老實說，我的錢並不多，偶爾會有點錢，有時卻會一文不名。」

「醫生，您眞是太親切了。」媽媽停止了哭泣，說道：「湯米眞是個幸運的孩子。」這時，任性而頑皮的我，附著醫生的身邊說道：「醫生，您不要忘了航海的事情，您不為我說一說嗎？」

「哦！還有一件事。」杜立德醫生說道：「我為了工作，有時候會出外旅行。到時候，我會帶著你們的兒子去旅行，你們應該不會反對吧？」

聽到這話，媽媽驚訝地抬起頭來，比起先前哭泣的表情而言，神情似乎更為悲傷。我站在醫生的椅子後面，心臟撲通撲通地跳動著，等待爸爸的回答。

「當然可以。」父親考慮了一會兒，說道：「既然我們已經做好約定，當然不能反對囉！」當時，我覺得在這世界上，沒有一個孩子比我更幸福了。我的頭好像在雲一般的世界裡，腳好像踩在空中一樣，整個房間都好像在那兒團團轉似地。

實際上，我的夢想終於要實現了，我找到了使自己獲得幸福的機會，掌握到能夠冒險的機會。因為在那時候，我知道醫生在不久的將來，又會作新的航海之旅了。我聽波里尼西亞說，醫生很少持續六個月以上待在家中，所以我想醫生在這兩個星期以內，很快就要出發了。到時候，我——湯米．史塔賓斯就可以和醫生一起去航海了。

請你們想一想，遠渡重洋，腳踏外國的土地，漫遊世界是多麼美妙的事啊！

第二部

D.Maclise, R.A. T.Landseer.

第一章、海鳥號船員

後來，我的身分就完全不同了。我不再是貧窮修鞋匠的孩子，隨時都會戴著金色的項鍊，牽著狗兒吉普，大搖大擺地通過街道上。那些以前笑我窮，而無法去上學的孩子們，現在都會指著我，在那兒竊竊私語著。

「你看，他是杜立德醫生的助手哦！而且，才十歲呢！」

如果這些人知道我會和狗說話，相信會更加感到驚訝。

來到醫生家過了一天以後，醫生很悲傷似地對我說，必須要暫時終止關於貝殼話的研究了。

「史塔賓斯，我真的很失望，到目前為止，我已經和七種貝類或蝦類交談過，進行試驗，但是都不行，現在必須要暫停這項研究，也許必須要放棄了。」

「那麼，接下來要做什麼呢？」我問道。

「史塔賓斯，我想可能要出去航海吧！以前，我也經常出去旅行。而且，在國外有很多工作等著我呢！」

「什麼時候要出發呢？」我問道。

「首先，必須要等到紫色天堂鳥回來才行，牠會從龍格．亞洛那兒帶來訊息。不過，已經很晚了。牠應該在十天以前就回來的，希望牠平安無事。」

「那麼，船已經準備好了嗎？」我問道。「我想，紫色天堂鳥應該在明天或後天就回來了。在這期間，要趕緊爲航行做準備呀！」

「說得對，」醫生說道：「我們可以去拜託你所認識的撿貝殼的喬，他對船似乎有很深入的了解。」

「我也想要去。」吉普說道。

「好，我帶你去吧！」醫生說道，我們便一起出門了。

喬立刻就答應了。他有一艘剛買的船，但是要操縱這艘新船，必須要有三個人手。我們拜託喬讓我們看看船。

於是，喬把我們帶到附近的河邊，我們在那兒看到了小小的可愛的船。船的名字叫「海鳥號」。喬說，既然是我們要買，就便宜地賣給我們好了。但是，遺憾的是我們只有兩個人，但卻需要三個人手。

「把奇奇也一起帶去好了。」醫生說道：「但是，牠並不是眞的聰明到比人類還強，想要操縱這麼大的一條船，恐怕還是需要一位人手。」

「醫生，我認識一位好水手，他勤奮於工作，是一流的好水手哦！」我說道。

「啊！謝謝你了。」杜立德醫生說道：「不過，我想任何一位水手都不願意和我一起出海，因爲我沒有錢可以付給他們。而且，出海以後，水手所做的事情經常會阻礙我，因爲水手有他本身的一套，而我卻有我的做法。我們到底要帶誰去呢？」

「就帶賣貓肉的馬休．馬格去好了。」我說道。

「不，不行。馬休是好人，但是話太多了。而且，這男子罹患神經痛，要長期航海的話，必須特別注意他才行。」

「那麼，你看遠離俗世獨居的魯卡怎麼樣呢？」我問道。

「嗯，我覺得很好。不過，我們要去問他才行，我們去拜託他好了。」

第二章、遠離俗世之人——魯卡

遠離俗世而獨立之人——魯卡是我們的老朋友，他是一個很奇怪的人。他住在沼澤邊的小木屋中，帶著一隻有雜色花紋的老虎狗獨自住在那兒，到底他是從哪兒來，叫什麼名字，都沒有人知道。大家只是稱他爲「遺世而獨立的魯卡」。

魯卡從來不到城鎮去，甚至不曾和別人見面或談話。如果有人接近這小屋，就會被狗波布趕走。如果你詢問住在帕德爾比鎮上的人，爲什麼這人要孤獨地獨自住在那兒時，大家都會說：「噢，你是要問遺世而獨立的魯卡啊！有關這個人的一切，我什麼也不知道，也不知道他的職業是什麼。不過，絕對不可以靠近這個人哦，否則會被狗咬傷。」任何人都會給你這樣的答覆。

但是，儘管如此，還是會有兩個人經常出入於這沼澤附近的圓形小木屋，那就是醫生和我。

當我們前來拜訪時，老虎狗波布絕對不會叫。那是因爲我們非常了解牠，而牠也很了解我們的緣故。

這一天下午，我們穿過沼地而來。東邊正吹來微風。我們接近小屋時，吉普豎耳傾聽著，然後說道。

「很奇怪哦！」

「什麼事情奇怪？」醫生問道。

「今天波布沒有出來迎接我們哦！牠應該會聽到我們的腳步聲，也會聞到我們的氣味才對，咦，那奇怪的東西到底是什麼？」

「可能是魯卡家開門的聲音吧！從這裡看不到，因爲在小屋的另一邊也有門哪！」醫生說道。

「希望波布沒有生病才好。」吉普說道。然後，好像叫喚波布似地叫了一聲，可是回答牠的只是經常越過鹹鹹的沼地，吹送而來的悲風而已！

我們兩人和吉普連忙加快腳步前進。

走近小屋前，發現門是開著的。因爲被強風吹拂著，因此發出了聲響。我們看一看裡面，卻沒有看到任何人。

「魯卡不在家，一定是去散步了。」我說道。

「魯卡應該是在家裡才對。」醫生皺著眉說道：「即使是出去散步，也不可能把門開著，放在那兒不管吧！眞是有點奇怪。吉普，你在那裡做什麼？」

「沒什麼，這不值得一提。」吉普仔細注意小屋的地板，邊說著。

「吉普，你過來。」醫生用嚴厲的聲音說道：「你到底在隱瞞些什麼？是不是發現了什麼足跡？還是你觀察到了什麼事情？這到底是怎麼回事？你最好趕快說出來。遺世而獨立的人到那兒去了呢？」

「不知道。」吉普好像做了壞事似地，臉上露出難看的表情，再次說道：「我不知道他在哪裡。」

「很好，你一定知道些什麼，我看你的眼睛就知道。這到底是怎麼回事？」

但是，吉普卻沒有回答。

醫生大約詢問吉普十分鐘左右，但是吉普卻什麼也沒說。

「好吧！」醫生說道：「我已經無法站在這麼冷的地方了，魯卡不在家，我們現在回去吃午餐吧！」

我們扣上了上衣的釦子，穿過了沼地，踏上了歸途。吉普裝著找河水的樣子，率先跑了出去。

「吉普一定知道什麼事情。」醫生輕聲對我說道：「牠似乎知道魯卡到底發生了什麼事情，但是吉普卻什麼也不肯說，這眞是有點奇怪。到目前爲止，這十一年來從來沒有過這樣的事。不論是什麼事，牠都會對我說的，眞是奇怪……眞是太奇怪了。」

「醫生，爲什麼你會認爲吉普知道有關於他的事情呢？大家都認爲魯卡是一個很奇怪的人，而爲什麼吉普應該會知道這奇怪的人的事情呢？」

「不，吉普一定會知道。」醫生堅定地回答道：「當我們到那小屋去，發現屋裡一個人也不在的時候，吉普臉上的表情就已經不對勁了，我察覺到了這點……後來，吉普又一直在嗅地板，……一定是地板上有什麼東西吸引住吉普。那一定是我們看不到的東西。但是，吉普爲什麼不肯告訴我是怎麼回事呢？我想再問牠一次……吉普，吉普，到哪兒去了？剛才不是還在這裡的嗎？……」

「我也這麼認爲。」我說道：「牠跑到前面去了，我眞的看到牠跑到前面去了。吉普！吉普！吉普！吉普！……」

但是，吉普卻消失了蹤影。我們不斷地叫著吉普，也折回小屋去找，但是還是無影無蹤。

「啊！對了。」我說道：「吉普一定是比我們先回去了，牠一定是在家裡等著我們。」

但是，醫生拉起上衣的衣領，抵擋寒風的吹拂。

「奇怪，眞是太奇怪了！」醫生他自言自語地說著，並大跨步向前邁進。

第三章、吉普與秘密

我們回到家時，醫生首先在玄關詢問鴨子達布達布。

「吉普回來了嗎？」

「沒有。」達布達布回道：「沒有看到吔！」

「如果吉普回來了，立刻告訴我，麻煩你了。」醫生這麼說著，一邊脫下了帽子。

「我一定會告訴你的。」達布達布說道：「不過，醫生，趕快去洗手吧！要準備吃午餐了哦！」

我們在廚房，坐在椅子上正準備吃午餐時，聽到玄關處傳來很大的狗吠聲。我連忙跑出去把門打開，這時吉普跳了進來。

「醫生……，」吉普叫道：「快到書房來，我有事情要告訴你。待會兒再準備午飯好了。醫生，要趕快哦！沒時間了。其他任何人都不准進來……，除了醫生和湯米。」我們走進了書房，把門關起來。

「那麼，」吉普說道：「把門鎖上，而且要看看窗戶下有沒有人在偷聽。」

「沒有人會偷聽的。」醫生說道：「到底是怎麼回事啊？」

「醫……生，」由於吉普是跑著回來的，因此邊喘著邊說道：「關於……那個遺世而獨立的人的一切，我什麼都知道。在很久以前，我就已經知道了。但是，我卻沒有告訴你。」

「爲什麼呢？」醫生說道。

「因爲我和波布有約定，什麼話都不能對別人說。在魯卡那兒的波布是這麼說的，當時我答應了波布要守秘密。」

「原來如此。那麼，你現在要把秘密告訴我了嗎？」

「是的。」吉普說道：「因爲必須要幫助魯卡了，先前我在沼澤附近先你們而離開，就是跟蹤波布的味道前進，最後找到了波布。我對波布說：『還是讓我跟醫生說吧！只有醫生才能幫助我們。』波布說：『好吧！就這麼辦吧！』」

「你繼續說下去吧！」醫生叫道：「趕快說出秘密來，到底發生了什麼事情？魯卡到底在什麼地方？趕快說呀！」

「他被關在帕德爾比監獄，進了牢房。」

「牢房……」

「是的。」

「爲什麼？他做了些什麼？」

吉普走到門口，聞一聞地板，確認是否有人在外面。然後，再回到醫生面前，站起腳尖，小聲地說道：「他殺了人。」

「眞的嗎？」醫生大聲地叫著，「咚」地一聲坐在椅子上，用手帕擦著額頭。「那是什麼時候的事？」

「是十五年前的事情。在墨西哥的金山發生的事。後來，他就一直成爲遺世而獨立的人，剃掉了鬍子，爲了避免世人的眼光，而一直生活在沼地那兒。但是，上個星期，新任的警官來到這城鎭，由於聽說在沼地的小屋住著一個奇怪的男子，而想和他談話，覺得他很可疑，認爲他很可能是逃亡了十五年，在墨西哥的金山殺人的男子。於是，這警官來到了沼地的小屋，看到了他手臂上的黑色疤痕，知道他就是魯卡。因此，他就把魯卡帶到牢房去了。」

「是嗎？我知道了。」醫生叫著：「但是，我並不認爲這是眞的，魯卡是哲學家，我不相信他會殺人。」

「不過，很遺憾地，這是事實。」吉普說道：「魯卡的確殺了人。但是，魯卡並不壞，這是波布說的。從那時候開始，牠一直都和魯卡在一起，所以所有的事情牠都知道。當然，那時候牠只是一條狗，魯卡實在是迫於無奈才殺人的。」

「那麼，現在波布在什麼地方呢？」醫生問道。

「在牢房裡。我拜託波布到這兒來和醫生見面，但是牠卻說魯卡在牢房期間，牠絕對不願意離開牢房。一直坐在牢房的門口，動也不動，甚至送給牠的食物也不吃。醫生，請你去看看吧！下午兩點鐘就要審判了，現在幾點鐘了？」

「一點十分了。」

「波布說，到時候魯卡可能會被判死刑，或是終身監禁。醫生，請你先去見法官，告訴他魯卡眞的是個好人。也許，他就會原諒魯卡了。」

「當然，我會去的。」醫生說著，站了起來，一邊忙著做出門的準備，一邊說道：「不過，我不知道是不是眞能幫助他。」醫生回頭朝著門邊走去，突然好像想到什麼似地說道：「不過，我還是覺得……有點奇怪。」

後來，醫生打開了門，吉普和我也跟著一起出門了。

第四章、波布

達布達布看到我們還沒吃午餐，就再度要出門的樣子，顯得很慌張。牠把豬肉塊塞進我們的口袋裡，要我們在路上吃。

到達帕德爾比監獄一看（牢房就在旁邊），四周聚集了很多人。

因爲正好是巡迴審判的時期，每三個月召開一次。這時，許多扒手和壞蛋都會由遠從倫敦而來的法官審判，而住在帕德爾比的人，如果沒有其他事情，通常都會前來旁聽審判的情形。

但是，今天很特別，尤其有很多的群衆圍觀，因爲遺世獨立之人魯卡殺人，而要接受審判。長時間以來，人們一直不了解的大秘密，似乎即將撥雲見日了。這消息口耳相傳，大家都知道了，因此肉店和麵包店都關上了門，人們不約而同地來一探究竟。附近的農夫和城鎮裡的人也穿著漂亮的衣服，爲了能坐在觀衆席上觀看，因此聚集在門外，在那兒喧鬧不已。大街上，也聚集了許多圍觀的群衆，擠得水洩不通。以往，我從來沒有看過這麼「興奮」的城鎮，聽說帕德爾比曾在一七九九年進行過一次規模盛大的巡迴審判。當時，一位名爲斐迪南菲普斯的男子曾到銀行偷竊，而成爲轟動一時的案件。

如果沒有和醫生在一起，恐怕我就無法通過在法院入口處的人牆。我拉著醫生衣服的下襬，跟在他身後，終於到達了牢房。

「我想見魯卡。」醫生站在門口，對戴有黃銅釦子，穿著綠衣服的人說道。

「你到管理課去問問看吧！」那人回答道：「通過走廊，在第三個門。」

「醫生，剛才和你說話的是誰呀？」我一邊走，一邊問道。

「是警官哪！」

「警官？那是什麼呀？」

「警官就是維持秩序的人，是洛巴特．皮爾卿所設立的，因此有時候會被稱爲『皮拉』（警官的俗稱）。在社會上，隨時會有新的東西出現。我想，這兒是管理課吧！」

這時，另一位警官帶我們進去。

來到魯卡所在的房間外時，我看到了波布。牠看到我們的時候，很悲傷地在那兒搖著尾巴。帶我們來牢房的男子，從口袋裡掏出一大串鑰匙，把門打開了。

這是我頭一次進入監牢的牢房。警官走了出去，把我們留在微暗的小石屋裡，然後又鎖上了鎖。大家都覺得寒氣逼人。在警官走出去之前，他對我們說，談完話以後就敲敲門，他會立刻帶我們出去的。

剛開始時，因爲太過黑暗，什麼都看不到。但是，過了一會兒，看到在小小格子窗下的牆角邊，放著一個很矮的床。床上，坐著正在抱著頭，凝視著地板的魯卡。

「魯卡，」醫生溫柔地說道：「這裡好像不太亮嘛！」

遺世而獨立的人慢慢地把臉抬了起來。

「你好，約翰．杜立德醫生，你怎麼會到這兒來呢？」

「我來見你呀！如果我早就知道這件事情，我會更早就來的。不過，我在不久以前才知道這件事情。老實說，先前我們打算要問你，是否要和我們一起去航海，之前我們到小屋去找過你。不過，家裡面沒有人，我們也不知道你到哪裡去了。後來，聽到你的不幸遭遇，我們都覺得十分同情，有什麼我們可以幫你做的事情嗎？」

魯卡搖搖頭。

「不，沒什麼可以做的，事情已經決定了，一切都結束了。」

魯卡煩躁地站了起來，在房間裡來回踱步著。

「一切都已經結束了，我一直想到自己不知道會不會被捉住。現在，反正我已經被捉住了，一切都結束了。」

醫生好像要鼓勵魯卡似地，和他談了三十多分鐘。在這期間，我不知道自己該做些什麼，而在那兒思索著。

後來，醫生終於說他想見波布。於是，我們敲敲門，讓警官把我們帶出去了。

「波布，」醫生對坐在通道上的大老虎狗波布說道：「你和我一起走到入口，我有事情要問你。」

「醫生，我的主人怎麼樣了？」波布走在通往法院入口處的走廊上時，如此問道。

「魯卡，應該不要緊。他現在雖然很慘，但是不要緊。不過，波布，整個事件的眞相你應該會知道，因爲那個男子被殺時，你也在場是吧？」

「是的，醫生，」波布說道：「所以我……」

「很好，很好。我想要知道當時的詳情，不過現在審判的時間已經到了，沒時間聽了，法官和律師都來了。波布，你和我一起到審判室去。不管我說什麼，你都一定要遵從才行。關於魯卡的事情，不論別人說什麼，你都不可以表現出不好的態度，一定要規規矩矩地，我問你什麼，你就要回答些什麼。——要老實說，知道嗎？」

「我知道。不過，醫生，這樣能夠幫助那個人嗎？」波布問道。「他是個好人，我相信他是個好人。」

「波布，我有一個想法，由於是個新案子，也許法官會答應也說不定。總之，一定要試試看。現在可以進審判室了，不要忘記我所說過的話哦！你要乖乖地，不可以咬任何人哦！否則，我們就會被趕出來，那就糟糕了。」

第五章、梅德查

審判室是個天花板很高的大房間，看起來非常莊嚴肅穆。比議場更高的位置，設了一個法官的座位。法官已經坐在那兒了。他的年紀相當大，臉上露出嚴肅的表情，戴著一頂大型的白色假髮，穿著黑色的法官服。在下面的一層，還有一個較寬大長型的桌子前面，戴著白色假髮的律師也坐在那兒。我覺得這是一個很奇怪的地方。就好像到了教會或學校似地。

「你看那裡，那兒有十二個人坐著。」醫生輕聲說道：「好像是唱詩班的坐在那兒，那十二個人就是陪審員。魯卡是否有罪？是否殺人，都將由這些人來決定。」

「還有，在那兒。」我說道：「像教壇似的地方，魯卡正坐在那兒，兩邊有警官呢！在房間的另一邊，看起來也像是教壇的地方，卻沒有人坐在那兒啊！」

「那是證人席，」醫生說道：「我要和那些戴著白色假髮的人說話，你在這兒等一下。保留我的座位，而且要仔細注意波布，絕對不能夠鬆解，緊捉住牠的項圈就可以了。只要一分鐘就夠了。」

醫生說著，從幾乎擠滿了群眾的房間中消失了蹤影。
這時，法官用奇怪的木製小槌敲打著桌子，似乎要大家保持肅靜。於是，吵鬧聲和談話聲戛然而止，大家都規規矩矩地坐在那兒。接著，另一個穿著黑色衣服的人站了起來，拿出一張紙，打開後宣讀著。
這個人以祈禱似的聲音，不知道用的是哪一國的話，彷彿以別人聽不懂的話在那兒說著。
「嗯……，他被稱爲遺世而獨立的魯卡……，嗯……，殺害了那個人……，嗯，藍鬍子比爾……這一天晚上，……墨西哥的……，因此……」
這時，有人從後面捉住了我的手臂。回頭一看，醫生帶著一個頭戴白色假髮的人回來了。
「史塔賓斯，這一位是帕西．詹金斯先生。」醫生說道：「他是魯卡的律師，就是爲了使魯卡能被釋放。——不過，看起來並不容易。」
詹金斯先生擁有一張少年似的圓而慈祥的臉，看起來就像年輕人一樣。他和我握握手以後，立刻轉過身去和醫生談話。
「這實在是非常好的想法。」詹金斯先生說道：「當然，狗是不被允許列爲證人的。不過，事情發生時，牠是唯一的證人。你能夠來到這兒，我非常感謝，因爲能帶著狗證人出庭，一定會讓那老法官嚇了一跳，聽眾也會爲之狂熱。辯護證人竟然是一條老虎狗！相信很多新聞記者都會蜂擁而至呢！身爲律師的我，也會聲名大噪。不過，我想康基恐怕會不高興了。」

這人想要掩飾自己的笑容似地以手掩口，可是他的雙眼卻無法掩飾自己心中的想法，似乎認爲非常可笑一般，雙眸閃閃發亮。

「康基是誰呀？」我問醫生。

「噓，就是坐在那兒的法官。」

「不過，」詹金斯先生拿出筆記本，又說道：「醫生，我還有些事情想問您，您得到醫學博士的頭銜，以及最近所發行的書，書名是……」

接下來的話，我就聽不清楚了，因爲他們在低聲地交談著。這時，我又環視著法庭。先前，從醫生那兒知道是證人席的地方，有很多人上台。坐在長桌前的檢察官，詢問這些人「凶殺案發生的二十九日夜晚所發生的事」，而這些人一一上台又下台以後，其他人又陸陸續續上台，接受詢問。

有一個男子（後來，我問醫生，知道這名男子就是檢察官）對於遺世而獨立的魯卡頗有惡意似地，爲了說明魯卡平日無惡不作，爲了讓大家有此想法，而不斷地找難題來質問他。爲了使魯卡陷於窮途末路中，而耗費心思。這檢察官是一個擁有長長的鼻子，讓我覺得很不舒服的人。

我的眼光不忍從可憐的魯卡身上移開。他的左右被警官挾住，好像覺得很無趣似地看著地上的地板。只有一次魯卡看到擁有淺黑色肌膚，獐頭鼠目的矮小男子站上證人席時，才仔細地看著他。先前，這名男子進入審判室時，在我椅子上的波布發出了低吟聲，魯卡眼中則充滿著憤怒且輕蔑的神色。

這個男子名為梅德查，據說是當藍鬍子比爾被殺時，把警官帶到礦山去的人。當這男子說話的時候，在我椅子下的波布就發出了呻吟聲：

「說謊，說謊，你看看他那張臉，他明明就是在說謊。」

這時，醫生和我只好拼命地把狗塞到椅子下。

此時，我發現在我身旁的詹金斯先生已經不在了。

但是，不久之後，我發現詹金斯先生站在長桌附近，面對法官說話。

「閣下，」詹金斯先生對法官說道：「辯方找到新的證人，希望傳動物學家約翰‧杜立德醫生出庭。那麼，請杜立德先生到證人席上。」

詹金斯先生請醫生出去。醫生撥開群衆走了出去時，每個人都發出了興奮的叫聲。這時，有著長鼻子，看起來令人覺得不舒服的檢察官和他的同伴耳語了一番，臉上露出厭煩的表情。

詹金斯先生終於詢問很多關於醫生本身的事情，醫生以能夠傳達至法庭各個角落的聲音，很大聲地回答。最後，詹金斯先生詢問了以下的問題，作為結束。

「這麼說來，杜立德先生，最後我要問你的是，你聽得懂狗的話，而狗也能聽得懂你的話嗎？」

「是的，」醫生說道：「正是如此。」

這時，法官說道：「我想請問一下，」然後，用平靜而有趣的聲音說道：「這一點和這個……所謂的藍鬍子被殺事件有什麼關係嗎？」

「正是如此，閣下。」詹金斯先生好像站在舞台上表演一樣，堂而皇之地說道：「現在，在這法庭中，看到事情發生經過的唯一生物就是老虎狗。如果庭上允許，希望能把這隻狗帶到證人席上。在閣下面前，請著名的動物學家約翰·杜立德醫生代爲詢問這位證人，這就是我的提議。」

第六章、法官的愛犬

剛開始時，法庭上靜悄悄地，一片死寂。但是，漸漸地大家在小聲地交談著，甚至有人在那兒竊笑不已。終於，整個房間好像蜂巢一樣，充滿了嗡嗡的吵鬧聲。大家都好像很興奮似地，大多數的人都覺得很快樂。當然，也有的人臉上露出了相當憤怒的表情。

有著長鼻子，令人感覺不舒服的檢察官站了起來。

「法官閣下，我提出異議。」檢察官很誇張地對著法官揮揮手，叫道：「我反對！法庭的權威正面臨危險的邊緣，我提出抗議。」

「關於法庭的權威問題，由本席來決定。」法官說道。

這時，詹金斯先生又站了起來。

（如果這不是很嚴肅的事件，看起來就像是漫畫中的人物在表演似地，不斷地有人輪流上台，也不斷有人站著或坐著。）

「如果您對杜立德醫生所說的，能和狗說話這一點有所懷疑，那麼我想如果讓醫生在法庭將自己的能力——就是能夠了解動物話語的這種能力——表現出來的話，相信你不會反對吧？」

法官並沒有立刻回答，思考了一會兒。

當時，我看到法官的眼睛很有趣似地在那兒眨著。

「不！」法官想了一會兒，說道：「我絕對不反對。」然後，又對杜立德醫生說。「你眞能夠辦得到嗎？」法官如此詢問醫生。

「是的，閣下。」醫生說道：「我可以。」

「那麼，很好。」法官說道：「如果我們都相信你眞的能夠了解狗所說的話，那麼我就允許狗當證人。我不認爲有任何反對狗當證人的理由。不過，你一定要有所覺悟，絕對不能夠成爲法庭的笑柄！」

「我有異議，我抗議。」長鼻子的人大聲說道：「這簡直就是侮辱法庭，藐視法庭。」

「坐下！」法官用很嚴肅的聲音說道。

「閣下想要我和哪一種動物說話呢？」杜立德醫生問道。

「當然是和本席的狗說話。」法官說道：「現在，本席的狗就在這房間外，只要把那隻狗帶進來，我就會了解你是否眞懂得狗所說的話了。」

這時，一個男子走了出去，把狗帶了進來。那是一隻毛髮蓬鬆，看起來非常可愛的牧羊犬，是一隻很可愛的狗。

「那麼，杜立德醫生，」法官說道：「我要你老實回答我，你以前有沒有看過這隻狗呢？」

「不，閣下，我從來沒有見過牠。」

「那麼，很好。你問牠昨晚本席晚餐吃了什麼，昨天晚上這隻狗，一直待在本席的身邊，看著本席吃飯。」

醫生用手勢和嘴形對狗說話，談了很久。後來，醫生吃吃地笑了起來，好像非常熱中於和這隻狗談話似地，幾乎是忘了自己身在法庭，忘了法官的存在。

「到底要說幾個小時啊？」坐在我前面，一位身材較胖的婦人說道：「我看，他只不過是假裝和狗說話而已，他怎麼可能會和狗說話呢？我沒有聽說過有誰能夠和狗說話，他一定是把我們當小孩來耍。」

「還沒有談完嗎？」法官詢問醫生：「我只要你問牠，我晚餐吃些什麼，應該不需要談這麼久吧？」

「不，閣下。」醫生說道：「關於這件事情，我們在先前就已經說過了。不過，接著牠又告訴我，您在晚餐以後所做的事情。」

「夠了，不必說了。」法官說道：「你只要回答我的問題就好了。」

「您吃了一塊炸羊肉、兩個烤馬鈴薯、奶油派和一杯淡色啤酒。」

這時，法官的臉色逐漸變得蒼白。

「這真像是變魔術似的回答。」法官自言自語地說道：「怎麼可能知道這些事呢？」

「還有，在吃完晚飯以後，」醫生繼續說道：「您出門去觀賞拳擊比賽，在十二點鐘之前，還玩撲克牌，並且哼著歌回來了。」

「不，夠了。」法官打斷醫生的話，說道：「我已經知道你能和狗談話了，因此我允許狗當證人。」

「我提出異議，我反對。」檢察官以尖銳的聲音叫道：「閣下，這是不行的……」

「坐下！」法官斥責他，說道：「將狗帶到證人席上，整件事就可以解決了，把證人帶到席上吧！」

狗就此登上了法庭的證人席，這可以說是神聖法庭歷史開始以來，絕無僅有的事！醫生從對面的房間向我打了個訊號，於是我帶著波布通過驚訝的群眾之間，將狗帶到證人席，讓牠坐在高椅上。坐在椅子上，年紀很大的老虎狗，表情嚴肅地隔著欄杆，低頭看著陪審團。

陪審員們全都非常驚訝！

第七章、解開謎團

關於遺世而獨立者魯卡的審判，稍後一直持續進行著。律師詹金斯先生要求醫生詢問波布，牠在「二十九日那天晚上」所看到的情形。於是，波布把自己所知道的告訴大家。醫生則將狗所說的話，爲法官和陪審團翻譯成人類所說的話。

波布所說的事情如下——

「一八二四年十一月二十九日晚上，我和主人魯卡與另外兩個人——梅德查和比爾，一起待在墨西哥的金山。這三個人長時間以來，都在找尋金礦。而且，挖了很深的洞通達地底下。二十九日早上，發現這個洞穴裡有很多金子。我的主人和他的兩個朋友，想到即將成爲有錢人，眞是非常高興。

但是，梅德查叫比爾和他一起出去散步。我懷疑這兩個人是壞人，發現這兩個人留下我的主人出去以後，就跟蹤他們，想看看他們到底在耍什麼花樣。這時，兩人在山上的洞穴中密謀著，『把魯卡殺死算了』。那麼，挖到的金子就能夠成爲自己所有，而不必給我的主人魯卡所擁有的那一份。」

這時，法官問道：「證人梅德查在哪裡？警官，趕快看看他有沒有從法庭逃走。」

但是，這時那壞蛋已經悄悄地溜出法庭了。

而且，再也沒有出現在帕德爾比了。

「後來，」波布繼續說道：「我跑到主人那兒去，拼命地想要告訴主人，他的同伴是危險人物，但是卻沒有用，因爲主人聽不懂狗的話。不過，我寸步不離地跟在他身邊，晝夜不分地守候在他身旁。

但是，由於三個人所挖掘的洞穴非常深，因此爲了要方便上下，必須要吊著繩子行動。而且，要使用一個很大的桶。三個人每次都採用這方法，兩個人拉著繩子，讓一個人下去。然後，將挖到的金子帶出來。大概在晚上七點鐘左右，我的主人站在洞口，將坐在桶裡的比爾拉了上來，才拉到一半時，我發現梅德查從小屋裡走了出來。梅德查以爲比爾去買食品了。

但是，並不是如此。比爾還待在桶中。梅德查看到我的主人魯卡在拉著繩子，以爲拉上來的是裝滿金子的水桶。於是，從口袋裡掏出了手槍，打算悄悄地靠近我的主人，好射殺他。

我爲了通知主人即將遭遇到危險，因此不斷地叫著。但是，我的主人卻拼命地拉住比爾（因爲他又胖又重），所以根本就不理我。這時，我做了以往從來沒有做過的事，那就是從後面突然咬住主人的腳。主人嚇了一跳，做出了我希望他做的事，也就是雙手一鬆，繩子往下掉，他回頭一看，希望知道到底發生了什麼事。這時，只聽到咔嚓、咔嚓的聲音，在桶中的比爾掉到洞穴底下，死掉了。

當我的主人拼命地罵我的時候，梅德查又把手槍塞進了口袋中，然後笑臉迎人地一邊走過來，一邊看著洞。

『啊呀！這是……』梅德查對魯卡說道：『你殺了比爾，我必須去找警察來了。』

如果我的主人魯卡被關進牢裡，自然就無法擁有金礦了。梅德查很得意地騎著快馬出發了。

不久之後，我的主人非常害怕。那是因爲梅德查說了謊話，而警察也相信了他的話，認爲我的主人殺了比爾。於是，在梅德查離去以後，主人和我就這樣偷偷地溜走，來到了英國。主人剃掉頭髮，成爲一個遺世而獨立的人，直到今天爲止。十五年來，我們一直躲藏著。這就是我必須要說的事情。而且，我要告訴大家，我所說的話絕無虛假，我向神發誓。」

醫生將波布冗長的談話，完全翻譯成人所說的話，十二位陪審員都聽得非常興奮，甚至有的人想到這滿頭白髮的老爺爺，十五年來，一直住在沼澤邊。想到他可憐的身世，不禁放聲大哭。其他人則在竊竊私語著，還有人不斷地在那兒點頭。

這時，檢察官又很誇張地揮舞著手站了起來。

「閣下，」檢察官叫道：「你若要聽信狗的證言，我並不反對。但是，難道狗不會爲了自己的主人而說謊嗎？所以我反對，我嚴重提出抗議。」

「很好。」法官說道：「如果你不相信狗所說的話，狗就在那兒，你去問牠好了。」

於是，檢察官走了過來。

他看著狗，然後看看醫生，接著看看法官，陸陸續續看著許多人，然後再回頭看著證人席上神情凝重的狗，似乎想說些什麼，但是張開嘴巴，卻什麼也說不出來。雙手不停地揮動著，臉愈來愈紅了，後來終於拍拍額頭，頹然地坐在椅子上。然後，在兩位同事的攙扶之下，走出了法庭。

檢察官還沒走出門口時，又用十分軟弱的聲音喃喃自語地說道：「我有異議，——我反對，——我抗議……」

第八章、高呼萬歲

法官面對著陪審員，進行冗長的演說。演說結束以後，十二位陪審員站了起來，到另一個房間去了。這時，杜立德醫生帶著波布，回到我的身邊來。

「醫生，爲什麼那些陪審員走了出去呢？」我問道。

「那是因爲要決定審判的重大結果，因此到另一個房間去商量了。魯卡是否眞的有罪，要由大家來決定。」

「那麼，醫生和波布不能和那些人一起到那裡去嗎？這麼一來，才能幫助那些人做出正確的決定啊！」我說道。

「不，不行的。不可以這麼做，這是違反規定的。這些人一定要秘密地商量才行。有時候，也許會花很長的時間……不過，那些人不久就會回來了，不會花太多時間的！」

不久之後，十二位陪審員陸陸續續回到他們的座位上。

整個房間裡的人都安靜下來，等待著宣判。終於，陪審團中的一人站了起來，面對著法官。這是陪審員長，是一位矮小的人。每個人都屏氣凝神地等待著，尤其是醫生和我，不知道這矮小的男子會說出什麼話來。

在法庭上，所有的人，不，應該說是這城鎮所有的人，不知道這重大事件的結果到底如何，都在拉長著脖子，豎耳傾聽地等待著。整個房間鴉雀無聲，什至連針落在地上的聲音也可以聽到，非常安靜。

「閣下，」這矮小的男子說道：「陪審員一致決定魯卡獲判——無罪。」

「醫生，他在說什麼呀？」我問醫生。

但是，我卻注意到醫生做出了奇怪的動作。這著名的動物學家約翰·杜立德博士，竟然從椅子上跳了起來，好像小學生似地，在那兒單腳跳著。

「啊！萬歲！無罪！無罪！重獲自由了！」醫生叫道：「魯卡被釋放了。」

「那麼，醫生，魯卡可以和我們一起去航海了嗎？」

但是，我沒有辦法聽到醫生的回答，因爲法庭中的每個人都和醫生一樣，從椅子上跳了起來，在那兒叫著鬧著，掩蓋了我的聲音。每個人都陷入狂熱中，對於魯卡的獲釋感到雀躍不已，對著魯卡大聲地叫著。什至有的人走近魯卡，在那兒不斷地笑著。這一陣吵鬧聲眞是震耳欲聾。

吵鬧聲終於停止了，大家又恢復了寧靜。

這些人在法官離開法庭時，都恭恭敬敬地起立送他。

一直被帕德爾比的人談論的遺世而獨立者——魯卡的審判終於結束了。

但是，在法官離去時的寂靜中，傳來了哀嚎聲。一看，在門口處正站著一個女人，她伸出雙手，衝向魯卡。

「魯卡！」那名女子叫道：「我終於找到你了。」

「那是魯卡的妻子。」在我面前的矮胖婦人說道：「已經十五年不見了，真是可憐哪！但是，以後她就會幸福了。今天我們能夠來到這兒，真是太好了。不管發生什麼事情，都不能錯過這一次的審判。」

法官離去以後，同時再次響起了吵鬧聲。

大家包圍著魯卡和他久別重逢的妻子，有的人和他握手，有的人說出祝賀之辭，在那兒笑著、哭著。

「啊！史塔賓斯，我們快走吧！」醫生拉著我的手，說道：「現在不走的話，恐怕等一下就走不出去了。」

「可是，醫生，等一下我們不是有話要和魯卡說嗎？」我問道：「我們不是要問魯卡，是否願意和我們一起去航海嗎？」

「現在再過去也沒有用了。」醫生說道：「他的妻子已經來找他了。不管是誰，見到十五年來沒有見面的妻子，也不可能會丟下妻子和我們一起去航海。我們還是回去喝茶吧！哦，對了，我們連午飯都沒吃呢！要趕快吃點東西才行。吃午餐，同時也喝茶吧！……快走。」

在我們要從側門走出去時，我聽到群衆中有人大聲地叫著：「醫生，醫生，杜立德醫生，你在哪裡呀？如果沒有醫生，這位遺世而獨立者就會被判死刑了。演說吧！醫生，爲我們演說吧！醫生！醫生！」

一名男子跑到我們這兒來，說：「大家都在叫您呢！醫生。」

「眞是謝謝你們。」醫生說道：「不過，我很忙呢！」

「不過，醫生，您不說話，大家是不答應的哦！」這名男子說道：「大家希望醫生能到城鎭的廣場去演說。」

「我必須要請大家原諒。」醫生說道：「我和朋友約好今天要在我們家見面，這眞是很重要的約定，請你們原諒我。要演說的話，就找魯卡好了。史塔賓斯，我們快走吧！」

「眞是遺憾，」這名男子在我們走出門外時，說著。

這時，有一群群衆在側門等待著。

「這裡沒辦法走了，趕快從左邊走吧！」

我們逃了出來。穿過城鎭，突破了群衆的包圍。

我們拼命地跑著，終於來到歐克森索普街，才能夠稍作喘息。回到醫生家門前時，回頭一看，好像從晚風中還能聽到人們叫嚷的聲音。

「醫生，好像還是能聽到吵鬧聲也！」我這麼說道：「你聽聽看。」

隱約傳來的聲音聽起來好像很遠，但是卻是很清楚的聲音。

「我們爲遺世而獨立的魯卡高呼萬歲……爲魯卡的狗高呼萬歲……爲他的妻子高呼萬歲……爲杜立德醫生高呼萬歲、萬歲萬歲……」

第九章、紫色天堂鳥

鸚鵡波里尼西亞在玄關等著我們，好像有什麼重要的事情要告訴我們似地。

「醫生，」波里尼西亞說道：「紫色天堂鳥來了。」

「終於來了嗎？」醫生說道：「我真擔心牠發生了什麼意外呢！米蘭達牠現在怎麼樣了？」

我看到醫生開門時興奮的樣子，就知道他現在沒空喝茶了。

「不過，牠先前進來的時候，看起來還不錯。」波里尼西亞說道：「當然，經由長時間的旅途，牠已經很疲倦了，但是還不要緊。不過，有一件事我想告訴你，就是那愛惡作劇的麻雀奇普塞德，發現紫色天堂鳥飛進庭院時，竟然欺負牠。我跑到那兒去時，只見紫色天堂鳥流著淚，說牠要立刻回到巴西去了。我一直告訴牠，一定要等到醫生回來才行。但是，牠卻想要立刻回去，我一再地勸慰留下牠，終於牠願意暫時留下來，在廚房休息了。我把麻雀奇普塞德關在醫生的書箱裡，並且警告牠，等到醫生回來以後，我要把醫生不在時發生的事情告訴醫生。」

波里尼西亞看起來似乎有點興奮似地。

醫生感到很困惑似地皺著眉，朝著書房走去。

書房中，已經點起了蠟燭，因爲天已經很黑了。鴨子達布達布坐在睡床上，壓住關著麻雀奇普塞德的箱子，那是一個玻璃製的箱子。煩人的小麻雀不管我們走到哪裡，牠就隔著玻璃箱在那兒不斷地揮舞著翅膀，向我們打招呼。

在大桌上的玻璃壺上，停著一隻以往從未見過，擁有美麗羽毛的鳥。牠的胸前是藍紫色的，擁有緋紅色的翅膀，以及長到拖地的尾巴，眞沒想到牠眞是這麼美！

不過，長時間的旅程似乎令牠疲憊萬分，把整個頭縮在翅膀下，好像從長遠的旅途上飛回來似地，在墨水瓶上靜靜地左右搖擺著。

「噓，」達布達布說道：「米蘭達睡著了。我把那惡作劇的奇普塞德關在這兒。醫生，拜託你，爲了不讓這隻麻雀再惡作劇，請你把牠趕走吧！由於牠，幾乎使得米蘭達都要回去了，這實在是很過分的事情。醫生，要把茶拿到這兒來，還是等您有空的時候，再到廚房去喝呢？」

「放在廚房好了，達布達布。」醫生說道：「對不起，在你離開這兒以前，請先把奇普塞德放出來。」

達布達布打開了書箱。奇普塞德好像知道自己做錯事似地，垂頭喪氣地飛了出來。

「奇普塞德！」醫生嚴厲地說道：「米蘭達到這兒來時，你對牠說了些什麼？」

「我什麼也沒說，我眞的什麼也沒說啊！那隻鳥好像飛到自己的領地似地，穿著漂亮的衣服，就在庭院中大搖大擺地走著。當時，我正在路上吃麵包屑呢！我這隻倫敦的麻雀才不會輸給牠呢！牠穿著鮮艷的衣服，看起來好像外國人士似地，我根本不想尊敬這樣的人。爲什麼那傢伙不老老實實地待在自己的國家呢？」

「你到底對米蘭達說了些什麼，讓牠這麼生氣？」

「我只是對牠說：『你不應該待在這庭院中，你應該擺在婦女服飾專賣店的櫥窗裡。』我只是這麼說而已！」

「奇普塞德，難道你不覺得這是壞事嗎？那隻紫色天堂鳥爲了見我，飛了好幾千里路才到這兒來。但是，當牠到達此地時，你卻嘲笑牠。你這麼做，令牠很難堪，對你又有什麼好處呢？如果今晚牠在我還沒回來以前就走了，我是絕對不會原諒你的。現在，你趕快給我離開這房間。」

奇普塞德似乎有點難爲情似地，但是又裝出很驕傲的樣子，飛到走廊去了。達布達布把書房的門關了起來。

醫生走到停在墨水湖上的美麗小鳥那兒去，溫柔地撫摸牠的背部。這時，鳥從翅膀下抬起頭來。

第十章、發現了龍格、亞洛嗎？

「米蘭達，」醫生說道：「讓你遇到這麼無聊的事，實在是對不起。不過，請你不要在意奇普塞德的行爲，牠什麼也不知道，牠是城市的鳥，因此會爲了生存，而拼命與他人競爭。你一定要原諒牠才行，牠眞的什麼也不知道。」

米蘭達有氣無力地張開牠那美麗的翅膀。我看到這隻鳥轉動著眼睛，這眞的是一隻非常高貴的鳥。牠的眼中充滿著淚水，嘴巴顫抖著。

「我不是這麼在意的，不過……」米蘭達有如銀線一般細弱的聲音說道：「如果我不是眞的這麼疲倦……也不會在意的。」

「你眞的這麼辛苦才到這兒來嗎？」醫生問道。

「這一次的旅行，眞的是非常悲慘。」米蘭達說道：「連天氣也不好……不過，現在說這些也毫無意義，因爲我已經到這兒來了。」

「說給我聽吧！」醫生好像迫不及待似地：「龍格．亞洛有沒有要你帶什麼消息給我呢？」

紫色天堂鳥低下頭來。

「雖然特意跑這一趟，也是毫無意義的。」天堂鳥說道：「我想，也許我沒回來會較好，因為我並沒有把醫生的口訊傳達給龍格．亞洛，我沒有發現他。格爾丁．亞洛的兒子，龍格．亞洛並不在。」

「不在？」醫生叫道：「這是怎麼回事？」

「沒有人知道。」米蘭達回答道：「你也知道，在此之前，龍格．亞洛就已經不在家了。但是，這次卻沒有人知道他在哪裡。平常，許多的鳥中，一定會有一、兩隻會看到龍格．亞洛，但是這次我見到了平常知道龍格．亞洛居處的貓頭鷹、麻雀，牠們卻說沒有見到他。我所到之處，不管再怎麼去詢問，再怎麼去找尋，什至飛遍了南美各地，卻沒有任何人知道他到底在哪裡。因此，我才會遲了兩個星期才回來。」

米蘭達說完話以後，整個房間瀰漫著悲傷的寧靜。醫生很失望地皺著眉。波里尼西亞搔了搔頭，說道：「黑鸚鵡！你有沒有問過黑鸚鵡呢？黑鸚鵡應該會知道。」

「我當然問過。」米蘭達說道：「但是，黑鸚鵡卻說無法發現他，結果我像個瘋子一樣，發瘋地尋找。我在出發以前，都會特別注意天氣的狀況，但是當時我完全忘記了。因此，在飛越大西洋時，遇到了可怕的風暴。我想，自己恐怕無法平安無事地通過這一場風暴了。慶幸的是在風暴停止以後，我發現了漂浮在海上的遇難船板，捉住船板，終於休息了片刻。如果當時沒得休息，恐怕我也無法再待在這裡和醫生說話了。」

「很可憐，米蘭達。你眞的是遭遇到了不幸。」醫生說道：「不過，最後見到龍格・亞洛時，他是在什麼地方呢？」

「哦！聽說有人在蜘蛛猴島看到他。」

「蜘蛛猴島……這島不就是在巴西的某一個海灘嗎？」

「是呀！就是這個島。於是，我立刻飛到那個島去，詢問許多的鳥。聽說龍格・亞洛曾經拜訪過住在那兒的印第安人，而且為了找尋珍貴的藥草，曾經去爬很多的山。不過，這是大家最後看到他的地方。這些事情我是從印第安酋長所飼養的老鷹那兒聽說的，那是專門用來打獵使用的老鷹。不過，後來我被那酋長捉住，關在鳥籠中，像我這種擁有美麗羽毛的鳥，實在非常麻煩。一旦接近人類，就很可能會喪命。人類總是會說：『啊！這隻鳥眞漂亮啊！』接下來，就很可能會用弓箭或彈藥把我射殺了。到目前為止，我能放心地與人類接近的，只有醫生和龍格・亞洛而已！」

「有沒有人最後見到龍格・亞洛從山上回來呢？」

「這些就不知道了。鳥類只知道這些事情而已！我曾經詢問過海邊的海鳥們，有沒有看到他乘坐獨木舟出海。——但是，沒有人知道這一點。」

「可能發生了什麼事吧！」醫生很擔心地說道。

「我也認為一定是發生了什麼事，我很擔心呢！」米蘭達搖搖頭說道。

「不過……」杜立德醫生又說道：「如果不能見到龍格．亞洛，會是我這一生中最大的遺憾。不只是如此，就人類的知識這一點來看，也是一大損失。如果能和這個人見面，彼此把對方的知識交流一下，那該多好！我想，他所擁有的博物知識可能比我更多吧！如果不能夠把這些知識記載成書，實在是非常可惜的事。你應該不會認爲他已經死了吧？」

「我只能這麼想。」米蘭達邊說著，邊「哇」地哭了起來。「已經有六個月，沒有任何動物見到他了……」

第十一章、盲目的旅行

米蘭達的報告令我非常悲傷，醫生似乎也很傷痛。他默默地喝著茶，好像在那兒做夢似地。有時候，醫生會突然不喝茶，思緒似乎飄到了遠處，隔著桌子看著我們。後來，達布達布通知我們美味的食物已經做好了。這時，廚房的清洗場傳來了洗盤子的聲音。

我很想要安慰醫生，爲了改變醫生的情緒，突然想到今天爲魯卡所做的事情。可是，由於無法請魯卡同行，因此我們的航海計畫似乎遇到了挫折。吃完飯以後，達布達布和奇奇離開桌子，收拾飯後的殘局。

「史塔賓斯，」醫生說道：「我不知道自己現在應該到哪兒去。我就是爲了想要見龍格．亞洛，而計劃這一次的航海。在一年以前，我就一直想到要見龍格．亞洛，希望從他那兒學會貝殼所說的話，——而且，也希望能在他的幫助下，發現能潛入海底的方法。但是，他已經不在這世界上了，這個人的偉大事蹟和他一起消失了。」

醫生說著，又好像陷入沉思中似地。

「你想想，」杜立德醫生對我說：「我和龍格．亞洛雖然從來不曾見過面，但是我卻覺得和他是相知頗深的好友一般。龍格．亞洛這人沒有受過教育，而以他個人的方式持續一生進行研究。這和我的研究態度是相同的，所以我想我們兩人之間一定有一個相通的世界聯繫著。知道我們兩個的事，只有鳥類而已，而今，其中的一個人已經不在這世界上了。」

我們回到書房，這時狗吉普拿著醫生的菸斗和拖鞋來了。醫生抽起菸斗，整個房間都充滿了煙霧，這時醫生的臉上又恢復了元氣。

「不過，醫生，我們是不是還打算航海呢？」我詢問醫生。「即使無法找到龍格．亞洛，我們是不是還要航海呢？」

醫生凝視著我，似乎現在才察覺到我很在意是否要去航海的事。醫生臉上露出他那孩子般慣有的微笑，對我說道：「史塔賓斯，你不要擔心，我是打算要航海的。雖然可憐的龍格．亞洛已經不在了，但是我還是必須要努力研究和工作才行。不過，龍格．亞洛已經不在了，現在要到哪裡去，這才是問題所在。究竟要到哪兒去呢？」

我想去的地方很多，因此無法立刻回答。在我思索的時候，醫生從椅子上站了起來，說道：

「我看，我們這樣好了，史塔賓斯……以前，當我和妹妹莎拉住在一起的時候，經常會玩這樣的遊戲。我把這遊戲稱為『盲目旅行』，那就是要到某個地方去航海，而無法下定決定要到哪一個地方去的時候，經常都會打開世界地圖，閉上眼睛，把鉛筆不停地轉著，然後落在地圖的某一點上，再睜開眼睛看看，這是非常有趣的遊戲哦！這就是盲目旅行。在玩這遊戲之前，我們要先發誓，只要鉛筆落在什麼地方，我們就一定要到那地方去。我們來試試看吧！」

「好，試試看吧！」我很高興地叫著：「我覺得好興奮哦！到中國去也可以呀！或是到婆羅洲、巴格達也可以。」

我立刻爬到書架的梯子上，從最上面的架子取下了大地圖來。然後，放在桌上。

我在每一頁的地圖上都做了暗號。實際上，在此之前，我不論白天或晚上，經常會凝視著這已經陳舊的地圖，幻想著沿著綠色的河川，到山上或海上的旅程。想著這地圖的小小城鎮到底是什麼樣子，那些湖到底有多寬、多大呢？我一直在想像著。我對於這地圖非常有興趣，在我心中，就好像看著地圖，到世界各地去旅行一樣。

我還記得第一頁並沒有地圖，這一頁上記載著這地圖是在一八〇八年，由艾丁巴拉所印刷的，另外還寫了一些紀錄。接下來的一頁，則畫的是太陽系，也就是太陽和恆星、行星、月球的地圖，第三頁則是南北兩極的圖，接下來就是東西二半球、海洋、大陸、各國的地圖，以此順序分布著。

當醫生開始削鉛筆的時候，我突然想到了一個問題。

「醫生，如果萬一鉛筆指的是北極的話，那該怎麼辦呢？」我問道：「是不是我們也必須到那裡去啊？」

「不，我的遊戲規則是以前去過的地方，不去也可以，可以重新再玩一次。我曾經去過北極。」醫生邊削鉛筆，邊靜靜地說道：「因此，不去北極也可以。」

我吃了一驚，幾乎無法開口說話。

「醫生，您曾到北極去探險嗎？」我終於撫平了激動的情緒，能夠開口說話了。「我以爲從來沒有人眞正去過北極。而且曾到北極去探過險的人，名字都會記錄在這地圖上，爲什麼沒有看到醫生的名字呢？」

「因爲我和他們約定好要保密，所以也要和你約定好，絕對不能把這件事告訴別人。我在一八〇九年四月到達北極。當我到達那兒時，北極熊成群結隊地到我這兒來，對我說有很多的煤埋在冰下，因爲北極熊知道人類爲了要得到煤，不管要他們做什麼事，不管要他們到哪裡去，他們都會去做的。因此，牠們拜託我一定要保守這秘密。一旦人類在這兒挖掘到煤礦以後，就會有很多人到那兒去了。到時候，北極熊居住的美麗白色國家，會立刻就消失了。北極熊住起來很舒適的寒冷土地，除了北極以外，恐怕在這世界上，再也沒有適合他們居住的地方了。因此，我答應牠們要守密。不過，北極還是被別人發現了。但是，我希望北極熊們儘可能能擁有較好的生活場所。——來，準備好了。到這兒來，拿著這支鉛筆，站在桌前。地圖打開以後，把鉛筆轉三次，然後放在地圖上。緊緊閉起眼睛來哦！」

我感到既緊張又害怕——但是，這眞是非常愉快的瞬間。我們兩人都緊緊地閉上眼睛，我聽到打開地圖的聲音。我在想，到底是哪一頁，究竟是歐洲或亞洲呢？如果是亞洲的地圖，鉛筆要落在哪一個地方較好呢？

我拿著鉛筆轉了三次，然後慢慢地放低自己的手，筆尖終於碰到了地圖。

「好了！」我叫道：「眼睛可以睜開了。」

第十二章、幸運與目的地

我們倆同時張開眼睛，醫生和我都想知道目的地到底是什麼地方。兩個人連忙看地圖，連頭都碰在一起了。

這地圖是「南大西洋圖」，筆尖落在一個小島的正中央。這島名用很小的字印刷著，醫生必須要拿出放大鏡來，才可以看清楚。我覺得很興奮，以致身體不斷地發抖。

「蜘蛛猴島。」醫生慢慢地發出聲音，讀了出來。然後靜靜地小聲地吹著口哨，醫生好像覺得很不可思議似地說道：「這眞是難以解釋的事，竟然是最後見到龍格‧亞洛的島。——我們眞的要往這島上去了，這眞的是很不可思議，我從來沒遇過這麼不可思議的事。」

「那麼，醫生，我們要到那個島去嗎？」我問道。

「我們當然要去了，這是遊戲的規則，所以一定要去才行。」

「我們的目的地不是這附近的村落，我感到很高興呢！」我這麼說道：「是大航海吔！要越過廣闊的海洋，我們一定要渡過廣闊的海洋才行，相信這趟航行一定要花很長的時間吧！」

「不，不是如此的。」醫生說道：「這沒什麼。如果船隻很堅固，並且順風，輕輕鬆鬆地四個星期就能夠到達了。但是，不可能一切都很順利的。我們閉上了眼睛，在全世界只選了一個地方，而且，就是蜘蛛猴島。我想，我可能在這島上能捉到甲比茲里蟲也不一定。」

「甲比茲里蟲是什麼蟲啊？」

「是很珍貴，而且是一種很奇妙的獨角仙。我曾經想要研究這種獨角仙，但是要找到這種蟲，在全世界只有三個地方而已！蜘蛛猴島也是其中的一個，不過在那裡並不容易發現。」

我用手指著地圖，詢問醫生道：「這島的名稱後面畫上了一個小小的問號，是什麼意思呢？」

「這個嗎？這是表示在大洋中，還不知道這島的正確位置的意思，也就是說很可能是在這附近呢！可能船隻在這附近曾發現類似這樣的島。不過，也只是如此而已，因此我們很可能是首次登上這島的白人也說不定。不過，要找到這島的正確位置，恐怕要多花一點時間哦！」

這眞的好像是做夢一樣。醫生和我坐在大桌前，桌上的燭光也不斷地在搖曳著。醫生的菸斗中，不斷地噴出煙圈來，朝著微暗的天花板冉冉上升。我們兩人坐在那兒，談著發現絕海的孤島與成爲第一位登陸的白人等等的問題。

「這一定是大航海。」我說道：「不過，從地圖上看這個島，似乎是很不錯的島，不知道有無黑人住在那兒嗎？」

「不，根據紫色天堂鳥米蘭達的說法，只有特殊的美國印第安人住在那兒。」這時，紫色天堂鳥聽到自己的名字被提及，驚訝地張開了眼睛。我們太過興奮，以致忘了要低聲說話。

「米蘭達，我打算到蜘蛛猴島去。」醫生這麼說道：「你應該知道那個島在什麼地方吧？」

「它最後所在的位置我非常清楚，」紫色天堂鳥說道：「不過，現在它是不是還在那裡，我就不知道了。」

「咦，這是爲什麼呢？」醫生問道：「它不是應該一直在相同的地方嗎？」

「說得也是，但是並不一定是如此。」米蘭達說道：「醫生，我想你應該知道，蜘蛛猴島是一個漂流島，會漂流到任何地方去。通常，會在南美南部附近的某個地方。如果醫生要到那兒去，我只要查一查，就會很清楚了。」

我聽到這一番話，實在再也無法忍耐了。我眞想對別人說這件事。我想去找猴子奇奇，因此一邊唱著歌，一邊到屋外去了。

走到門口時，我撞到鴨子達布達布的鼻子。這時，達布達布正小心翼翼地用牠的翅膀捧著餐具呢！

「你這小傢伙，小心一點嘛！」達布達布很生氣地叫道：「看你這個樣子，急著要到哪裡去呀？」

「要到蜘蛛猴島去呀！」我站了起來，一邊穿過走廊，一邊叫道：「到蜘蛛猴島去哦！萬歲！是一個漂流島呢！」

「我看哪，你一定是要到那島上的精神病院去吧！」達布達布生氣地說道：「你看看你，把我精心調製的餐點弄成什麼樣子了？」

但是，我非常快樂，根本不在意這些事情，一邊唱著歌，一邊到廚房去找奇奇了。

第三部

D.Maclise, R.A. T.Landseer

第一章、第三位訪客

杜立德醫生和我開始航海做準備。

拾貝的喬將我們要乘坐的船——「海鳥號」移到河下，綁在那兒的隄防上。那麼，我們就可以很方便地把貨物裝載在船上。我們整整花了三天的時間，將食物運到這美麗、全新的船上，放入船底。

船內出乎我們意料之外，非常寬廣，有很多的空間，讓我感到很驚訝。船室雖小，卻有三間，還有一間餐廳。在船底，還有一間大房間，可以堆放食物和其他的必需品，稱爲船艙。

可能喬把我們要出海的事告訴每一個人了，所以鎮上的人經常在我們將所有的物品裝載到船上時，會前來圍觀。在這些圍觀的人中，看到了賣貓肉的馬休·馬格。當然，我知道這名男子早晚總會來找我們的。

「啊！湯米！」馬休看著我搬麵粉袋，邊對我說：「看來這船坐上去會很舒服的樣子，醫生要乘坐這艘船到哪兒去呢？」

「打算到蜘蛛猴島去。」我很驕傲地回道。

「這麼說，醫生只帶你一個人出海嗎？」

「當然，我會跟他去。不過，醫生認爲必須再找一個人。」我回答道：「不過，到底要找誰去，醫生自己決定。」

馬休在口中不知在嘮嘮叨叨地說些什麼，只見他看著船，側著眼看那優美的桅桿。「湯米，」馬休說道：「如果我沒有神經痛的毛病，也許醫生就會讓我一起去了。每一次看到即將要出海的船，總是很想坐上去看看。我眞的好想去冒險。湯米，你在做什麼呀？」

「是糖蜜，九公斤的糖蜜哦！」我回答道。

「噢，是嗎？」馬休似乎很羨慕地說著，然後又好像很悲傷地看著旁邊說道：「我眞的很想和你們一起去，但是神經痛眞的是很不好，我……」

馬休又在嘮嘮叨叨地不知說些什麼，就消失在碼頭的人群中了。

當時，聽到正午時分的帕德爾比寺的鐘聲響起，因此注意到必須要趕緊搬運貨物才行，所以加快腳步做我自己的工作。

這時，又有一名男子走過來阻礙我的工作。那是一位留著紅鬍子，手臂上有刺青，長得很高大的男子。這名男子用手背擦著嘴巴，坐在隄防的石階上，呸呸呸不停地吐著口水說道：「孩子，船長在哪兒？」

「船長？你在說什麼呀？」我問道。

「我是說船長，這艘船的船長在哪裡呢？」這名男子指著「海鳥號」。

「噢，你是指醫生啊！」我說道：「醫生現在不在。」

這時，醫生正好雙手抱滿了記事本、玻璃盒、捕魚網，以及其他做研究所需要的物品回來了。這時，留著紅鬍子的高大男子走近醫生，恭恭敬敬地向他行禮。

「船長，你早。」這名男子說道：「根據這鎮上的傳聞，這條船好像還需要人手。——我是很高明的水手，我的名字叫做班．布查，很高興認識你。」

「我也很高興認識你。」醫生說道：「但是，我的船已經不再需要其他船員了。」

「是嗎？船長。」這名經驗豐富的男子說道：「沒有人能從旁協助你，只帶著這麼一個小傢伙，要駕著這麼大的一艘帆船到海洋去嗎？」

醫生說道：「不要緊的。」很清楚地回答道。

但是，這名男子並沒離去的打算，還在那兒猶疑不決地說了很多話。說什麼人員一旦不夠，很可能會沉船，然後又說別人稱他為「強壯的水手」，許多報章、雜誌都曾報導他是一名好水手。如果我們都不想死，就應該用他，並要醫生帶他一起去。

但是，醫生卻不為所動，雖然很禮貌，但是卻斷然拒絕了。

最後，這名男子終於很不滿地離去了。

另外，還有很多人來詢問，我們應接不暇。當醫生抱著記事本到船室去時，立刻又有另外的

訪客來到了甲板上。這是一位很奇怪的黑人，我曾在足球賽中看過黑人，當時的黑人披著鳥的羽毛，脖子上還掛著骷髏頭項鍊。

不是，眼前的黑人卻穿者正式的禮服大衣，打著紅色的蝴蝶結，頭上戴著綁有絲帶的帽子，手上還拿著一把綠色的大傘。不過，腳下卻沒有穿鞋子，也沒有穿襪子，而赤著腳，讓人覺得這種打扮很奇怪。

「對不起，我想要問你一下。」這位黑人很有禮貌地打招呼，然後問道：「這艘船是杜立德醫生要出航的船嗎？」

「是的，您想見醫生嗎？」我回答道。

「我想見他，——如果不會太麻煩他的話。」這個人回答道。

「請問你是哪一位？」

「我是喬里金基的王子，名為卡布布．班波。」

我連忙跑進船室，去告訴醫生。

「眞是幸運哪！」杜立德醫生說道：「那是我懷念的朋友班波，眞是太好了！太好了！班波是非洲的留學生，現在在牛津大學讀書呢！以前，我為了去探猿猴的病，而到非洲去時，班波一直照顧我呢？而且，還幫助我脫離了危險，沒想到他竟然來拜訪我了。」醫生邊說著，邊為了迎接稀客而跑上梯子。

醫生到了甲板上時，這罕見的黑人渾然忘我，很高興地握住醫生的手，叫道：「我是聽到城鎮上的傳聞，而跑到這兒來的。」黑人說道：「聽說醫生打算出海去旅行的。我想在你出海以前見一見你，因此趕緊到這兒來。能夠看到你，我眞是非常慶幸，並且高興極了！」

「眞的，如果你晚到一步，也許我們就無法見面了。」醫生說道：「就是因爲這艘船人手不夠，爲了找人手，而拖延了出海的日子。否則我在三天前就要出發了呢！」

「醫生的船員還需要幾個人呢？」班波問道。

「只要一個人就夠了。」醫生回答道：「不過，要找到適合的人選，可眞是煞費苦心呢！」

「我想，你已經找到了適合的人選了。」班波說道：「你認爲我合格嗎？」

「太好了！」醫生說道：「但是，你還必須完成大學的學業。放棄學業而和我一起出海，這樣恐怕不好吧？難道不是嗎？」

「可是，我有假期呀！」班波說道：「即使我不和醫生一起出海，但是我這個學期已經結束了，學校有三個月的假期。如果跟在醫生身邊，我才不會忘了要努力用功啊！當我離開喬里金基，來到這國家時，我的父親告訴我，要儘可能到處去旅行，增廣見聞。醫生是博學之人，有醫生作伴，可以說是增廣見聞的大好機會。我絕對不會放棄這機會的。而且，我眞的相信您一定能教導我很多事情。」

「可是，你不是喜歡大學生活嗎？」醫生問道。

「是的。」班波回答道：「除了代數和鞋子以外，其他的我全都喜歡，代數令我頭痛，鞋子令我腳痛。今天我走出校門以後，把鞋子丟到了圍牆邊，而代數在我到達這兒以前，早已經忘得一乾二淨了——」

醫生在那兒思考了一會兒，看著黑人。

「是這樣嗎？班波。」醫生同意地說道：「也許，正如你所說的，就好像在學校努力學習一樣，旅行也能讓你學習到很多事情。因此，如果你想和我一起去，我一定會張開雙臂歡迎你，不，老實說，你眞的是我夢寐以求的適任者。」

第二章、再見

花了兩天的時間，終於做好了出發的準備。

狗吉普一再地要求醫生，在這一次航海時，一定要帶牠前去。因此，醫生終於答應了牠。和我們一起去的可愛動物，還有鸚鵡波里尼西亞、猴子奇奇。至於鴨子達布達布，則必須要看家，照顧其他的動物。

當然，像平常一樣遇到了有萬一的時候，還是有一些事情會忘記的。當我關好了門，走下石階，到了大路上時，每個人手裡都捧了一大堆東西。

但是，在還沒有到達門口以前，醫生突然想到鍋裡還在煮著東西。這時，我們看到在庭院築巢的黑鶇通過，於是醫生連忙叫喚住鳥，要牠把這件事告知達布達布。

在碼頭，有很多人前來送行。

我的爸爸、媽媽就在港口附近。我想，如果他們不像其他父母親一樣地哭著，叫著，那就太好了！我的爸爸、媽媽非常有禮貌，身爲爲孩子送行的父母親而言，他們的表現實在太偉大了。媽媽要我多保重；爸爸則擠出笑容，拍拍我的肩膀，祝我好運。「再見了！」這實在是一句令人悲傷的話，不過，終於能向大家道別，而乘船出海了。

剛開始時，我們見到送行的人當中，沒有賣貓肉的馬休，就覺得有點奇怪。後來一想，他一定會來的，醫生必須會請馬休將食物帶給留在家中的動物們。

「海鳥號」終於解下了纜繩，起錨，靜靜地順流而下。在碼頭上的人們，不斷地爲我們叫著，揮舞著手帕。

當我們順流而下時，與其他兩、三艘船擦肩而過，在轉角處遇到了淺灘，而擱淺了數分鐘。陸地上的人看到了，引起很大的騷動。不過，醫生卻不在乎。

「這麼小的毛病，是再怎麼謹慎小心的正式航海中，也會發生的事。」醫生把船推出淺灘時，彎下腰來，一邊擦掉沾在長靴上的泥，一邊說著。「不過，到廣大的海洋以後，船就可以自由自在前行了，不會再遇到這麼奇怪的事了。」

出海以後，一定是件美事，我眞的感到非常高興。船通過門口的燈塔處時，讓我覺得距離陸地已經非常遙遠了。我覺得一切對我而言，都是非常稀奇的。頭頂上是一片藍天，腳下是一大片海洋。和這廣大的海洋相比。就像是我們的家，像是我們的道路，像是庭院的船，眞的是非常渺小，可是住在裡面卻非常舒服而又安全。

我面對著大海深呼吸，船乘風破浪，靜靜地前進。剛開始時，我覺得自己可能會暈船，但是僥倖得很，並沒有發生這種情況，讓我覺得很高興。

醫生站在駕駛台上，操縱著船舵，而班波則在醫生的吩咐下，到下面去準備飲食。奇奇在船尾捲著纜繩，把纜繩一捆一捆地捆好。

我的工作是在船離開陸地後，把甲板上的東西綁好，即使遇到狂風巨浪的時候，也不至於滾動。吉普則站在船頭，豎耳傾聽，高高地抬起下巴，有如銅像一般，一動也不動。那熟練而敏銳的眼光，注視著我們可能會碰到的淺灘、急流，以及其他的危險。

我們爲了能夠使船平安無事地前行。都必須要發揮必要的作用，甚至連年老的波里尼西亞，由於必須要隨時注意是否有冰山靠近，而在線的尖端綁上溫度計，不斷地測試海的溫度。

當醫生把溫度計放在皮包裡時，動物們都以爲是用來測量水溫的。但是，漸漸地在夕陽西下以後，溫度計的刻度也看不清楚了，波里尼西亞覺得很遺憾似地在發著牢騷。

眞正像航海的航海開始了，很快地就到了夜晚，覺得四周一陣涼意襲來。——這是我初次在海上度過的夜晚！

第三章、偷渡者

吃晚飯以前，班波慌忙地跑上甲板，到坐在駕駛台的醫生那兒去。

「醫生，船艙中發現了一位偷渡者。」班波好像船員一般地，以事務性的語氣說道：「我發現那名男子就躲在小麥粉袋的後面。」

「噢，眞的嗎？」醫生說道：「眞是麻煩哪！史塔賓斯，你和班波一起到下面去。」

我看到了一位因躲在小麥粉袋後面，而從手到腳沾滿了小麥粉的男子。我和班波把這名男子身上粉都刷掉，結果發現這名男子就是到處行走，賣貓肉和狗肉的馬休·馬格。我們一邊打著噴嚏，一邊把馬休帶到甲板上，走到醫生面前。

「這是怎麼回事？馬休。」杜立德醫生說道：「你到底想在這裡做什麼？」

「醫生，這實在是太大的誘惑了。」馬休說道：「醫生，你也知道，我一直都希望醫生能帶我一起去航海，但是醫生卻不答應。我知道自己做了壞事，可是我本來是打算一直躲到船到達海灘爲止，那麼醫生就會知道我是很有用的人，而答應我待在這兒了。但是，我因爲長時間躲在小麥粉袋後面，因此神經痛的老毛病又犯了。正當我想換個姿勢，伸展手腳時，沒想到卻被發現了。海上的濕氣對於我的神經痛的確是不好。」

「不，馬休，不只是如此。你的健康狀況並不適合於過船上的生活。等船到了班察斯港以後，你就下船。班波，你從船室裡拿地圖來，就是放在臥鋪上，在我睡衣裡的小型地圖。在紙面上，用綠色的鉛筆做一個記號。——可能班察斯港就在這附近的左手邊吧！不過，如果要改變船的方向到達港口，首先要調查一下有什麼樣的燈塔。」

「知道了，醫生。」班波說道，一口氣跑下了樓梯。

「馬休，」醫生說道：「從班察斯到布里斯特爾可以坐火車。然後，你也知道那兒距離帕德爾比就不遠了。此外，我還要麻煩你在每個星期四，不要忘了帶食品去餵我們家的動物們。而且，要注意的是爲小貂多帶一點胡蘿蔔。」

在大家等著拿來地圖的時候，猴子奇奇和我點起了燈火。綠色的燈掛在船的右側，紅色的燈掛在船的左側，白色的燈則掛在桅桿。

不久之後，聽到樓梯處傳來了腳步聲，醫生說道：「看來班波把地圖拿來了。」

但是，讓我感到驚訝的是不只是班波一個人，而是出現了三個人影。

「這到底是怎麼回事？那是誰呀？」杜立德醫生叫道。

「又發現了兩名偷渡者。」班波很高興地走了過來，說道：「他們躲在醫生的臥鋪下，一個是女子，一個是男子。醫生，地圖在這裡。」

「啊呀！眞是麻煩哪！」醫生有氣無力地說道：「這兩個人是誰呀？這麼微弱的燈光，看不到他們的臉。劃亮火柴，班波！」

任何人都想像不到，這也是無可厚非的事。

原來這兩個偷渡者，並非陌生人，而是遺世而獨立之人魯卡和他的妻子。魯卡的妻子因爲暈船，看起來十分悲慘。

魯卡將後來發生在自己身上的事告訴了醫生，兩個人當然不可能住在沼澤旁的小住家。那一次的大審判之後深獲好評，很多人都來拜訪他們，但是他們卻希望到一個不爲人知的地方去生活，因此想要逃離帕德爾比——可是沒有錢，沒有錢就無法逃走——只好躲在醫生的船上。但是，兩人在船出海以後，卻開始暈船，尤其是魯卡的妻子立刻覺得很不舒服。

可憐的魯卡，不停地爲自己帶給醫生的不便一直道歉，眞是個體貼妻子的丈夫。

醫生從船艙裡拿出藥箱來，爲魯卡的妻子配藥，然後給他們兩人錢。醫生說，他們和另一位偷渡者馬休一起在班察斯下船，這是最好的辦法。醫生爲了要替魯卡找一份工作，寫了一封信讓魯卡帶給他在班察斯的朋友。

這時，鸚鵡波里尼西亞就停在我肩膀上，牠看到醫生掏出錢包，拿出金幣來時，喃喃自語地說道：「醫生的毛病又來了。——即使是剩下最後一便士（英國貨幣最小的單位），也會給別人——三鎊半（英鎊＝英國的貨幣單位，一鎊等於二百四十便士），這是我們爲了航海而準備的所有財產，現在就算沒有了錨，或只想買一小瓶煤油，乃至想買一小張郵票的錢都沒有了。不過，這可沒辦法，至少我們食物不缺呢！爲什麼不乾脆把船給那些人，我們自己走回去算了？」

但是，魯卡的妻子卻發出了安心的嘆息聲。醫生看一看地圖，立刻改變了航路，因爲船必須駛往陸地——班察斯。

我看到船前進，感到十分愉快。

除了孤獨的燈塔和羅盤針以外，能夠朝著沒有任何指示目標的港口前進，實在是一件頗耐人尋味的事。

不過，醫生卻技術高超地躲過了許多暗礁和淺灘，讓船順利前行。

大約晚上十一點鐘左右，我們到達這奇怪的小港口，醫生讓三名偷渡者乘坐小艇，送他們上岸，並幫他們找好住宿的地方。醫生在回到船上以後，告訴我們魯卡的妻子覺得很舒服，要我們不要擔心。

由於已經是半夜了，因此大家打算停留在港內，第二天一大早再出發。

我感到非常快樂，想到能等到天亮再起床，讓我感覺非常好。

現在，睡覺讓我覺得是一件很快樂的事。

於是，我倒頭躺在床上，把整個身體用毛毯包裹起來，從在我手肘邊的船窗看著外面的景象。即使沒有把臉從枕頭上抬起來，不過，隨著船的晃動，班察斯鎮上的燈火也讓我覺得是在上下晃動著呢。這就像是在做夢一樣，對我而言，能夠快樂地聽故事，甜蜜地進入夢鄉，就是人生最大的快樂了。

我想著自己眞是非常喜歡海上的生活，就這樣沈睡了。

第四章、一連串辛苦

第二天早上，很會做料理的班波準備的早餐是培根和黃豆。吃了美味的早餐以後，醫生對我說道：「史塔賓斯，我有一個想法，究竟我們要讓船到達卡帕·布蘭卡島，還是直接朝著巴西海岸駛去呢？根據紫色天堂鳥米蘭達的說法，接下來的日子都會是好天氣。——至少，這四個星期都會是好天氣。」

「那麼，」我一邊用湯匙把砂糖舀進可可亞中，一邊說道：「既然接下來的日子是好天氣，我想我們還是持續前進好了。相信紫色天堂鳥米蘭達還很擔心地在等待我們的到達呢！如果我們一個月還沒有到達，牠一定會擔心我們到底發生了什麼事。」

「說得也對，史塔賓斯。可是，如果能暫時待在卡帕·布蘭島也不錯，能夠進行補給，爲船隻進行修理工作，這也是很好的地方呢！」

「那麼，從這兒到卡帕·布蘭島要多久的時間呢？」

「大概六天吧！但是，關於這點，我們稍後再作決定好了。畢竟接下來的兩天，我們要航行的航路還是一樣的，吃完早餐以後就出發吧！」

走到甲板上，看到白色的海鳥和灰色的鳥在找尋船上的食物殘渣，在船邊飛翔著，海面瀰漫著早晨清新的空氣。

七點半時起錨，令人覺得非常舒服，不斷吹拂的微風吹動著船帆，沒有受到任何阻礙，再次航向寬闊的海洋。我們遇到了夜釣歸來的班察斯釣船隊伍，看起來都是很美麗的船，好像軍隊一樣排成一列。紅色的帆朝著相同的方向張著，船頭乘風破浪前行。

我們的船沒有改變方向，一直都朝前進，而我們也一直做自己的工作。等到有空的時候，我就向醫生學習操縱船的方法。時間的分配就這麼決定了。一天二十四個小時分爲三個階段，醫生、班波和我輪流睡八個小時，保持十六個小時的清醒時間。因此，我們三個人中，每次都會有兩個人看守著船。

此外，比我們任何人都老練的水手波里尼西亞，對於船非常地了解，隨時都會提醒我們。當我們想偷懶，打個盹的時候，牠就會叫我們把一隻腳擱在駕駛台上，面對著太陽眨眼兩次。只要有波里尼西亞在，任何人都不可能睡超過八個小時以上。波里尼亞看著船上的鐘，輪到誰睡覺的時候，就會叫他立刻到船室去，等到牠要睡覺的時候，牠就會用鳥嘴來搓一搓我們的鼻子。

我很快地就非常喜歡班波了。班波的年紀比我更大，雖然他能夠上學，但是看起來並不是很驕傲的樣子。臉上始終保持著微笑，經常逗我們開心。他雖然沒有航海之旅的經驗，但是醫生爲什麼會肯讓他同行，我也漸漸知道原因了。

第五天早上，正好輪到我代替醫生坐在駕駛台上時，班波走了過來，對醫生說：「幾乎已經沒有鹹肉了。」

「什麼？沒有鹹肉了？」醫生說道：「不是帶了五十五公斤的鹹肉嗎？怎麼吃不到五天呢？這是不可能的，到底發生了什麼事？」

「醫生，我不知道，我真的不知道，但是，當我像平常一樣地到貯藏室去的時候，我發現連一塊鹹肉也沒有了。如果真的有老鼠，這可是非常厲害的老鼠哦！」

這時，波里尼西亞在做早晨的運動，而在帆繩上跳上、跳下，這時，牠說道：「再這樣下去，不到一個星期，我們就會餓死了。必須到貯藏室去調查看看了。湯米，你跟我一起到貯藏室去調查吧！」

於是，我們來到了貯藏室。波里尼西亞叫我們靜靜地豎耳傾聽，四周的確非常黑暗，但是卻傳來了鼾聲。

「啊！正如我所想的。」波里尼西說道：「是個男子。而且，是一個高大的男子——你們一人從這兒繞過去，把他捉出來，一定是在桶的後面。」

於是，我和班波點亮了燈，越過堆積如山的貨物。這時，在桶的後面看到一個留著大鬍子的男子在那兒睡覺。我們把那名男子搖醒。

「做什麼呀？」男子睡意朦朧地說道。

原來就是我們在帕德爾比還沒有出發以前，希望成爲船員，而自稱是經驗豐富的水手，想要和我們一起出海，名爲班．布查的男子。

波里尼西亞很生氣地抖動著身子，說道：「這傢伙才是麻煩的傢伙呢！」波里尼西亞說：「這傢伙眞是世界最大的笨蛋，而且也是窮神。」

「趁這傢伙在睡覺的時候，用很重的東西敲打他的頭，從船窗把他丟到海裡去好了。」班波好像下定決心了，斷然地這麼說。

「不，這可不行。」波里尼西亞說道：「我們現在並不是待在還沒有開化的喬里金基。而且，很遺憾的是在這裡，也沒有把高大男子扔出去的窗戶的習俗，還是把他帶到醫生那兒去吧！」

於是，我們把這名男子帶到了駕駛台。這名男子看到醫生以後，恭敬地脫下帽子。

「又一個偷渡者。」班波說道。

我想，醫生一定會很生氣。

「您早，船長。」高大的男子說道：「我是船長的家臣，經驗豐富的水手——班．布查。我想，船長一定會錄用我的，因此我才偷渡到船上。——雖然這是違背良心的事，但是我從來沒有看過一個人帶著什麼都不懂，而又常居陸地的人出海，卻不願意帶一位眞正的水手出海。如果我不來，恐怕你會無法活著回去。——船長，你看看這麼大的帆。——上方全都鬆掉了，只要再颱一點強風，船帆就會被吹到海上去。不過，有我跟著你們，就可以安心了。現在，可以把船好好交給我了。」

「不，我一點也不安心。」醫生回答道：「反而讓我不安心。見到你，我覺得非常遺憾。在帕德爾比，我就曾對你說過，你對我沒有用。你沒有跟著來的權利。」

「不過，船長。」經驗豐富的水手說道：「沒有我的話，這艘船怎麼能動呢？船長不知道航海術，而且你看看羅盤，方向偏離了一度半。找一些外行人一起航海，這真是瘋子的做法。如果你這麼做，船長，請原諒我這麼說，這艘船會在五里霧中。」

「胡說！」醫生氣得眼珠都快凸出來似地說道：「說什麼船會在五里霧中，從來沒有這樣的事，雖然曾經遭遇到危險，但是對我而言，並不是件辛苦的事情。只要我們朝著目的地前進，一定能夠到達的。即使我不諳航海或航海術，但是我仍然能夠去我想去的地方。縱使你是世界第一的水手，在這船上也只會阻礙我而已。——你在距離這兒最近的港口就下船。」

「這比起你把我們的鹹肉全都偷吃掉來說，已經是很輕的懲罰了。」波里尼西亞這麼說道。

「不知道接下來還會有什麼事情等著我們呢？」波里尼西亞對班波耳語著，然後又對我說道：「沒有錢，所以不能買任何東西了，而鹹肉又是這船上重要的糧食呢！」

這時，班波說道：「這個大男子真的沒有任何用處了嗎？啊——！對了，可以用鹽把他醃來吃呀！一定超過五十五公斤以上呢！」

「這不是未開化的喬里金基，同樣的話我已經說過好幾次了。」波里尼西亞說道：「文明人的船是不可以做這種事情的，不過……」波里尼西亞想了一會兒，口裡喃喃自語地說著。

「不過，這眞是很好的提議。而且，沒有任何人看到這名男子坐在船上。啊！遺憾的是鹽不夠，並且這名男子身上還有菸味呢！」

第五章、波里尼西亞的好提議

杜立德醫生看看地圖，決定新的航路，這時由我掌舵。

「看來還是要到卡帕．布蘭卡島去了。」醫生在那名高大的男子別過頭去看他處的東西時，說道：「眞是麻煩，如果要我把他帶到巴西去，那麼我乾脆游泳回帕德爾比算了。」

不過，班．布查這男子的確令人無可奈何。任何人一旦被拒絕，一定會乖乖地待在暗處，但是班．布查卻另當別論。他在甲板上來回走著，一下說錨綁的方式不對，一下又說升降口不適當，然後又說船帆會向內翻，又說我們結繩的方式不對，全都出錯了。

這時候，醫生生氣了，命令布查不准再說話，叫他到下面去。但是，布查卻不願意，他說自己在甲板上，怎麼可以聽來自於陸地的人的命令，因此不願意下去。

我們感到非常擔心，布查是一名高大的男子，如果眞有萬一，不知道他會做些什麼。

班波和我一起到下面的餐廳去商量，鸚鵡波里尼西亞、狗吉普和猴子奇奇也加入我們的談話。波里尼西亞說：「我有一個好的計畫，」牠首先說道：「班．布查是個偷渡者，又是個壞人。首先，我對他的感覺很不好，我——」

「但是，」我打斷了波里尼西亞的話：「他的本職是水手，而且你認爲醫生眞能安全地渡過大西洋嗎？」

我因爲聽他說我們所做的事全是錯的，因此感到非常擔心。如果遇到暴風雨，又會演變成何種局面，想到這裡我又擔心起來。由於先前發生了許多事情，使得船前進的速度延後了。

天堂鳥米蘭達也說好天氣不會持續太久，而波里尼西亞卻好像嘲笑我似地說道：「你好像有點擔心哪！不過，我告訴你，只要和杜立德醫生在一起，任何時候都是安全的。當然，醫生的做法和普通人不一樣，但是只要和醫生在一起，那水手所說的事就不會發生了。我和醫生一起去旅行過好幾次，我非常了解。正如醫生所說的，有時候在到達目的地以前，可能船會遇到一些阻礙，但是有時也會順利地前進。總之，我們一定能平安無事地到達目的地的。關於這件事情，我還要告訴你一次。」

波里尼西亞思考了一會兒，說道：「醫生是個運氣很好的人，也許經常會遇到困難，但是最後一定會平安地渡過難關。」

「但是，我們該如何收拾班·布查呢？」狗兒吉普開口說道：「你說有個好計畫，波里尼西亞，到底是什麼樣的好想法呢？」

「我是有個好想法，我擔心的是這名男子可能會攻擊醫生，打算自己當『海鳥號』的船長。這名男子看起來非常粗魯。」

「是啊！」吉普說道：「所以我們不能讓這名男子和醫生單獨在一起，我認為這名男子是個壞蛋。」

「我有個計畫。」波里尼西亞問道：「這個門有沒有鎖呢？」

我們看著餐廳的外側，確認這個門有鎖。

「好，很好。」波里尼西亞說道：「班波準備好午餐，然後我們都躲起來。到了十二點時，班波去敲響用餐的鐘。這時，班．布查就會聞香而來，班波就能在門外，等到班．布查前來時，班波就趕快把門關上，反鎖，那麼就可以捉住他了。你覺得我這計畫怎麼樣？」

「真是太棒了，趕快準備食物吧！」班波一邊笑著，一邊說道。

「好，很好。那麼，大家在離開這裡的時候，把棚架上的調味料瓶和其他東西都搬走吧！」波里尼西亞說道：「絕對不要留下任何食物，等到他餓瘦了，到了卡帕．布蘭卡島時，他就不再有打架的力氣。」

於是，我們都躲在通道的陰暗處。不久之後，班波來到樓梯的正下方，像瘋子一樣地敲響用餐的訊號鐘，然後立刻跳到門後躲起來。我們都沈默地豎耳傾聽。

不久之後，傳來了咱、咱、咱的巨大聲響，經驗豐富的水手班．布查一階一階地走下階梯。到了餐廳以後，他大咧咧地坐在醫生常坐的最好位置，將餐巾塞在他那肥胖的下巴下，嘆著氣等待菜餚端上來。

這時，班波突然把門關起來，從外面上鎖。

「這麼一來，大家就可以安心了。上去跟醫生說吧！」波里尼西亞說道。

帶著勝利的驕傲，哼著海之歌，波里尼西亞停在我的肩膀上，一起走到甲板上。

第六章、親切的臥鋪店老闆

我們到達了卡帕．布蘭卡島，在這兒停留了三天。

雖然趕著出海，卻在這裡停留這麼多天，是有兩個原因。第一個原因就是經驗豐富的水手班．布查幾乎把我們的食物都吃光了，沒有錢的我們，不知道該怎麼樣去購買糧食，眞是煞費苦心。能夠賣的，只有從醫生的皮包裡拿出已經斷了一根針，並且背面凹陷的舊懷錶。賣了這東西，只買了五百公克的茶。而班波用他在喬里金基學會的歌在街頭賣藝，但是醫生說這裡的人對於非洲的音樂，可能不會有多大的興趣吧！

另一個原因就是鬥牛。這附近的島隸屬於西班牙領域，每到星期日時，就會有鬥牛比賽。我們是在星期五時到達這個島，把經驗豐富的水手班．布查趕下去以後，我們一起到城鎭去散步。

這是一個看起來有點奇怪的小城鎭。道路彎彎曲曲地，非常狹窄，甚至一輛馬車都很難通過，而住家在上面，阻塞著道路，牆與牆之間非常接近，在家裡的人能隔著窗戶和對面的人家握手。醫生說，這城鎭是非常古老的城鎭，叫著蒙提威爾迪鎭。

我們沒有錢，因此無法住旅館。第二天傍晚，我們通過臥鋪製造店時，看到了擺在道路邊的這一家店所製作的臥鋪。坐在門口，對著鸚鵡吹著口哨的臥鋪店老闆和杜立德醫生談話，醫生和臥鋪店老闆在那兒談有關島的話題，好像相談甚歡。由於到了吃晚餐的時間，這家店的老闆邀請我們和他共進晚餐。

當然，這是我們求之不得的事情。吃完晚餐以後（大多是用橄欖油所做的菜，非常好吃——我特別喜歡吃炸香蕉。）我們又坐在路邊，聊天至深夜為止。

我們打算回到船上，但是這位親切的臥鋪店老闆卻不讓我們回去。他說通往碼頭的路非常暗，並且沒有月亮，因此我們可能會迷路。他要我們今天晚上待在那兒，等到早上再回到船上。

我們終於按照他所說的去做，由於沒有空的臥鋪，因此醫生和我與班波三人就睡在店前，擺在路上當成販賣用的臥鋪。因為天氣非常熱，所以不必蓋被子，像這樣能夠看著在路上走路的人，睡在店外，實在是一件很愉快的事。我發現西班牙人似乎都不睡覺，雖然夜已經很深了，但是四周的咖啡店和餐廳仍然燈火通明，也有很多人坐在戶外的桌前喝咖啡，很快樂地聊天。遠處傳來碗盤互碰的聲音、吵鬧的談話聲與彈奏吉他的聲音，聽起來非常溫柔。

聽到這一些聲音，我不禁想起遠在帕德爾比的父母親。每天晚上，父親都會練習吹笛子，而我們總是傾聽他的吹奏……

我突然覺得爸爸、媽媽有一點可憐。那是因為他們從來沒有享受過旅行的樂趣，一直過著一成不變的生活，如果能夠外出旅行，一定會遇到新鮮的事物。甚至連睡覺也會有不同的睡覺方式呢！可是，如果叫他們睡在店前的道路上，他們一定不願意的，會覺得這是很可笑的事。

JOSE VILLEGAS Y CA

第七章、醫生的保證

第二天早上，我們在吵鬧聲中清醒了。聽到孩子們叫嚷的聲音與女子們瘋狂的笑，還有幾個男子排成一列走了過來。我問醫生，這些人是誰。

「那是鬥牛士啊！」醫生說道：「明天一定會有鬥牛比賽。」

「什麼是鬥牛呢？」我問道。

這時，醫生的臉氣得通紅。我看到醫生生氣的樣子，不禁想起先前醫生在動物園，他說關於獅子和老虎的事情。

「鬥牛是最愚蠢，最殘酷的事。西班牙人雖然是很討人喜歡，讓人感覺很好的人，但是西班牙人為什麼都喜歡鬥牛呢？我實在是不懂。」

然後，醫生對我說明鬥牛是怎麼回事。首先，是要使牛生氣，然後把牠趕到鬥牛場，一位拿著紅布的男子走出來，揮舞著紅布，逃避牛的攻擊。如果鬥牛士無法防止牛的攻擊，只好把一些年老瘦弱的馬趕到鬥牛場去，然後讓牛去追殺這些馬，直到牠疲倦為止。等到牛累得精疲力竭的時候，拿著劍的男子會出現在鬥牛場，把牛殺死。

「每一個星期日都舉行。」醫生說道：「這國家即使是小城鎮，也有六頭牛和相同數目的馬被殺死。」

「但是，難道這些人不會被牛殺死嗎？」我問道。

「幾乎不曾發生這種不幸事件。」醫生說道：「在這兒，如果能擁有敏銳的活動力，而又能保持心情平靜，幾乎都不會遇到危險，鬥牛士具有高明的技巧，並且具有敏銳的活動力。在這國家，著名的鬥牛士甚至比國王更受到衆人的尊敬。這也是一種技巧。在街角，又有一隊人來了。你看，女性不是對那些人大拋飛吻嗎？眞是愚蠢。」

這時，臥舖店老闆也爲了要看這些行列，而走了出來。當他向我們道早安的時候，他的朋友正巧走了過來。臥舖店老闆爲我們介紹他的朋友，他的朋友名爲安利凱·卡爾迪那斯。

安利凱先生問我們是從哪裡來的，並用英語和我們交談，他是一位受過教育，具有紳士風度的人。

「明天是否要一起去觀賞鬥牛呢？」這個人很親切地問我們。

「不，不必了。」杜立德醫生斷然拒絕。「我很討厭鬥牛，——這是殘忍，而又不像男子漢的作風。」

安利凱先生聽了很生氣似的。以前，我從來不曾見過有人這麼激動過。安利凱先生辯稱鬥牛是高尚的運動，而鬥牛士是世界上最勇敢的人。

「啊！你眞是胡說八道。」醫生說道：「可憐的牛，根本沒有任何勝算，像這樣來鬥牛，怎麼能稱得上是勇敢的行爲呢？趁著牛疲倦，頭暈目眩的時候，才去攻擊牠們，你們所尊敬的鬥牛士，只懂得以這種方式殺牛而已！」

由於對方非常生氣，我眞怕杜立德醫生會被他揍一頓。這時，臥舖店老闆很快地擠到中間來，對醫生輕聲細語地說，他說安利凱先生是這國家重要的人物。這個人隨時會提供牛——尤其是又黑又強壯的牛。每當這城鎭舉行鬥牛時，他就會從自己的牧場把牛帶來，他是很有錢的人，也是很有地位的人，這是臥舖店老闆所說的，並勸我們最好不要得罪這名男子。

當臥舖店老闆說完這番話以後，我看看醫生的臉，他似乎想到了什麼好點子似地，眼中充滿了惡作劇的神情，閃耀著光輝。

醫生看著生氣的安利凱先生，對他說道：

「安利凱先生，你說鬥牛士是非常勇敢的人，說我說鬥牛是很無聊的運動，使你感到很生氣。也許，你認爲我胡說八道，但是我想問你，明天的比賽中，最勇敢的鬥牛士是誰？」

「培比特．迪．馬拉加。」安利凱先生說道：「最有名，並且是最勇敢的一位。」

「很好，我知道了。」醫生說道：「那麼，我有一個請求，不知道你願不願意答應。我與生俱來不曾與牛作戰過，明天我會和培比特．迪．馬拉加和其他鬥牛士一起出現在鬥牛場，如果我戰勝大家，安利凱先生，你會對我提出什麼樣的保證呢？」

安利凱先生聽了，「哈！哈！哈！」仰天大笑。

「眞是奇怪的人啊！」安利凱先生說道：「就像個瘋子一樣，你會立刻被殺死。即使要成爲普通的鬥牛士，也要學習好幾年呢！」

「那麼，安利凱先生，如果我能免於危險，我所提出的請求你都能遵從嗎？」

安利凱先生笑得連額頭上的皺紋都出來了。

「絕對會遵從的。」安利凱先生叫道：「不過，如果你在鬥牛場上輸給了培比特·迪·馬拉加，你又有什麼保證呢？」

「很好。」醫生說道：「聽說你是這島上最有力的人士。如果明天要你停止這城鎭的鬥牛比賽，你能夠停止嗎？」

「當然可以了。」安利凱有點得意地說道。

「噢？那麼，我的請求是這樣的。——如果我獲勝，」杜立德醫生說道：「如果我比培比特·迪·馬拉加更能夠好好地與牛相處，到時候你就必須保證這城鎭絕對不能再舉行鬥牛比賽，可以嗎？」

這時，安利凱先生伸出手來，說道：「我答應你。」——「我向你保證。但是，爲了小心起見，我還是要告訴你，大概你還是要付出生命才行哦！好了，明天早上我還會到這兒來，你要保重啊！」

安利凱先生回頭看看身後，和臥鋪店老闆一起走進店中。

這時，像平常一樣停在我肩膀上的波里尼西亞，對我耳語道：

「我又有一個很好的想法了，把班波帶到醫生看不到的地方，我們好好地商量一下。」

於是，我推推班波的手肘，假裝到寶石店前去看看裝飾在櫥窗內的寶石。這時，醫生仍然坐在臥鋪上，慢慢地綁著自己的鞋帶。昨天晚上，醫生是脫掉鞋子睡覺的。

「你們聽著，」波里尼西亞說道：「我們一直在想著如何能籌到買糧食的錢，現在終於想到了好方法。」

「錢？」班波問道。

「不，笨蛋，我是找到了可以賺錢的好方法。明天醫生一定會獲勝，因此我們可以和這些西班牙人賭博。這些人很流行賭博呢！」

「什麼是賭博？」我問道。

「我知道。」班波很得意地說：「在牛津大學舉行划船比賽的時候，經常都會賭博呢！我到安利凱先生那兒去，說道：『我賭一百鎊，醫生會贏。』這時，如果醫生贏了，那個人就要付我一百鎊。不過，如果醫生輸了，我就要付錢給安利凱先生了。」

「眞是好辦法。」波里尼西亞說道：「不過，不可以說是一百鎊，而要說是二千五百比塞塔（西班牙的貨幣單位）。快去找那個老人家吧！」

於是，鄉民們穿過城鎮，在醫生還在整理鞋子的同時，鑽進臥舖店老闆的房子，見到了安利凱先生。

「安利凱先生，」班波若無其事地說道：「我是來自喬里金基的王子，關於明天的鬥牛，你是否想和我賭一賭呢？」

安利凱先生很親切地點了點頭，回答道：「很好，我願意。」然後，又說道：「不過，你要注意哦！你一定會賠錢的。王子，你打算出多少錢呢？」

「只有一點點而已，三千比塞塔，三千比塞塔！」班波說道。

「好，我也拿出三千比塞塔，勝利的人可就高興啦！」安利凱先生再次點頭說道：

「那麼，明天鬥牛比賽結果以後，再見啦！」

「這樣就不要緊了。」波里尼西亞在我們折返醫生那兒時說道：「這麼一來，肩膀的重擔終於可以放下來了。」

第八章、大鬥牛

第二天到來了，城鎮四處飄揚著旗幟，穿著美麗服裝的群衆，全都朝著今天要比賽的鬥牛場擁去。

杜立德醫生將要和鬥牛士培比特．迪．馬拉加舉行比賽的事情，已經傳遍整個城鎮。鎮上的人都感到非常有趣，普通的外國人竟然想要和當地最著名的鬥牛士培比特．迪．馬拉加進行比賽，眞是不知天高地厚。大家都說他一定會被殺的。

醫生從安利凱先生那兒借到了鬥牛時所穿著的服裝，看起來是鮮豔而又華麗的服裝。我和班波兩人拼命地扣著上衣的釦子，因爲醫生比較胖，而釦子又緊，穿起來顯得有點臃腫。

我們走在從港口通往鬥牛場的道路時，一群小孩子跟著我們，看到醫生臃腫肥胖的姿態，在那兒嘲笑著。

「約翰．杜立德！胖鬥牛士！」異口同聲地訕笑道。

到達鬥牛場時，醫生說明想在比賽以前，先看看牛。於是，我們被帶到在高牆後，關著六頭黑牛的牛棚屋中。

醫生用簡短的話語和手勢向這些牛表明自己即將要做的事，同時也向牛說明牠們應該做的事，並且說只要這件事情進行得順利，以後就不會再舉行鬥牛比賽。這消息使得這些可憐的動物們非常高興。牠們因此而保證一定按照醫生所說的去做，絕對不會出錯。

當然，帶醫生來的那些人，並不知道醫生在做些什麼，看到醫生用奇妙的手勢和牛說話，只是覺得他是一個愚蠢的外國人而已！

杜立德醫生走出了鬥牛士的房間，而班波和我，以及鸚鵡波里尼西亞跟著他走進了鬥牛場，坐在戶外大遊戲場的觀眾席上。

這眞是偉大的光景，數千名男男女女都擠在那兒，每個人都穿著艷麗的服裝，並且興高采烈地互相交談著。

比賽即將開始之前，安利凱先生站了起來，向觀眾說明第一個節目是杜立德醫生和培比特·迪·馬拉加的比賽，並且說如果醫生獲勝，這城鎭以後再也不舉行鬥牛比賽。不過，觀眾們都不認爲有可能會發生這樣的結果，每個人只是聽著、笑著。

培比特走入鬥牛場時，大家不停地拍手，女生們對他拋出飛吻，男士們則揮舞著帽子，發出喜悅興奮的叫聲。

不久之後，鬥牛場的大門敞開，一頭牛勇往直前地衝了進來。接著，門又被關了起來。鬥牛士揮舞著紅布，牛筆直地朝著紅布衝去，由於培比特很快地閃身，因此觀眾發出了喝采聲。

像這樣的情形重複兩、三次，當培比特很可能會發生危險時，培比特的助手就會揮舞其他的紅布，引開牛的注意力。於是，牛會朝著助手衝去，使培比特獲救。等到牛衝向助手時，助手就會跑到較高的圍牆邊，逃到鬥牛場外去了。因此，對鬥牛士而言，爲防止不測而做的準備工作十分充分。所以只要不是滑倒或跌倒，即使是再大的牛衝撞過來，也能順利地逃走。

這種情況大約持續了十分鐘左右。這時，鬥牛士小房間的門打開，醫生慢慢地來到了鬥牛場。穿著天藍色的鬥牛服，看起來更爲肥胖的醫生出場時，使得群衆們搖動著椅子，嘲笑這位胖胖的鬥牛士。

醫生走到鬥牛場的正中央，對著女士席恭敬地施上一禮。接著，向牛行禮，然後再向培比特行禮，當醫生向助手行禮的時候，牛從後面進攻醫生。

「危險！危險！——牛來了！要被殺了！」群衆在那兒叫著。

但是，醫生非常地平靜，仍然很恭敬地在敬禮。這時，雙手交叉，額頭上擠出皺紋來，對著向他衝過來的牛。不久之後，發生了奇怪的事，牛向前衝去的腳步逐漸慢了下來，好像這牛非常害怕受到醫生的斥責似地。然後，停下了腳步。醫生揮動手指，向牠做出訊號，牛害怕得發抖，終於夾著尾巴逃走了。

群衆都感到非常吃驚。醫生仍然在拼命地追牛，雙方都不停地喘著氣，繞著鬥牛場打轉，觀衆們發出驚訝的嘆息聲，也有互相耳語的聲音，以及叫嚷聲。通常，都是牛追著人跑，從來沒有看過人追著牛跑的景象，終於到了第十次時，杜立德醫生加快了腳步，捉住了可憐的牛的尾巴。

這時，醫生將害怕的牛拉到鬥牛場的中央，做各種的表演。先讓牠用後腳站立，然後又讓牠用前腳站立，或是讓牠在地上打滾。然後，要牛蹲下來，自己坐在牛背上倒立。接著，又在牛角上做各種表演。

培比特和兩名助手驚訝地看著這一切。群眾們完全忘記了培比特的存在。他們就站在距離我很近的地方，在那兒竊竊私語著，臉上一陣蒼白。

最後，醫生對著安利凱先生所在的位置施上一禮，大聲地說道：「這隻牛已經不行了。看牠不停地喘著氣，可以把這隻牛帶走了吧？」

「騎士再去挑一頭新的牛來。」安利凱先生叫道。

「不！」醫生說道：「五頭一起進來，然後再一起把牠們帶離鬥牛場。」

這一番話使在場的群眾們發出了驚訝的叫聲。

大家都知道，每一個鬥牛士一次能抵擋一頭牛，但是若一次要抵擋五頭牛——這根本就是不要命的做法。

培比特衝到前面來，說沒有這樣的鬥牛規則。

「哈哈！」波里尼西亞在我耳邊笑著說道：「就好像醫生的船之旅一樣，破壞規則，醫生所要做的事，是以往任何人都從未見過的偉大表演呢！」

這時，開始舉行盛大的討論，一半的群衆支持培比特，另一半的群衆則支持醫生。醫生終於再殷勤地對培比特施上一禮。不過，醫生上衣的釦子全都掉了下來。

「如果騎士害怕——」醫生微笑地說著。

「我當然不會害怕了！」培比特叫道：「世界上沒有什麼可怕的東西，我是這島上第一名的鬥牛士，用我的右臂殺死了九百五十七頭牛呢！」

「這很好。」醫生說道：「那麼，你就再殺五頭牛，讓我看看好了，把牛全都放進來吧！」醫生叫道：「培比特．迪．馬拉加一點也不怕呢！」

當牛棚屋的沉重大門被打開時，鬥牛場上瀰漫著一股可怕的寧靜氣氛。這時，五頭大牛一起衝向鬥牛場內。

「做出可怕的表情。」醫生用牛語說著，因此我也能夠聽得懂。「不要零零散散地，要聚在一起準備向前衝，先朝著培比特衝，就是那名穿著紫色長服的男子。但是，你們絕對不能殺死他，只要把他趕出鬥牛場就好了。——朝著那名男子，大家一起衝吧！」牛低下頭，排成一列，好像一隊騎兵似地，朝著慌張的培比特一起越過鬥牛場。

這時，培比特曾經辛苦地做出一副很勇敢的樣子，但是當五頭牛全速衝向他時，他眞的是快昏倒了。培比特連嘴唇都嚇得變得蒼白，向後一轉，跳過高牆，不見了蹤影。

「接下來，攻向這邊。」醫生叫著，在兩秒鐘以後，連助手也消失了蹤影，只剩下胖鬥牛士杜立德醫生和五頭牛留在廣大的鬥牛場上。

接著，眞是一副偉大的場面。剛開始時，五頭牛一起聚集在鬥牛場上，不斷地揮動著牠們的牛角，踢著砂子，好像在找尋是否還有可殺的對象。接著，這些牛假裝好像突然看到杜立德醫生肥胖的身影似地，大家發出了低吼的呻吟聲，打算用牛角來攻擊醫生時，越過鬥牛場，像箭一樣地穿了過來。

這時，大家都非常興奮。當牛快要衝向醫生時，即使是事前知道計畫的我，也屏氣凝神地擔心醫生的生命遭遇到危險。但是，在最後的那一剎那，當牛的尖端距離藍色的上衣只有六公分時，醫生很快地閃到一旁，使得氣喘咻咻的猛牛在間不容髮之際，失去了獵物。

於是，五頭牛又一起揮舞著牛角，發出好像憤怒發狂的聲音，包圍住杜立德醫生。

我不知道醫生是否還能活著。在幾分鐘內，不斷地踢著沙子，弄得沙塵滾滾，揮動著泥巴，使得風沙充滿的鬥牛場上，幾乎看不到困在那兒的人了。

正如波里尼西亞所說的，這眞是可怕的鬥牛啊！

「停止比賽！請停止比賽！不可以殺死這麼勇敢的人。那個人是世界上最偉大的鬥牛士，不可以殺了他！請停止比賽。」

但是，不久之後，杜立德醫生已經突破了這些粗魯動物的包圍，成爲憤怒的神一樣，捉住了每一隻牛的牛角，把全部的牛都丟在地面上。這些牛隻們把自己的角色眞是扮演得很好。我從來

不曾見過有哪些動物能夠表演得這麼精彩，被丟在地面上的牛好像眞的非常疲倦似地，默默地在那兒喘著氣，全都癱瘓在地了。

然後，醫生向女士們致以最後的行禮，從口袋裡面掏出了香菸來抽著，之後才優哉遊哉地走出了鬥牛場。

第九章、趕緊出發

關上了門，直到看不到醫生的身影爲止，同時響起了呼喊的人聲。一部分群衆的怒火中燒（這些人是培比特的朋友吧！）但是婦女們再次叫道，希望杜立德醫生能再次回到鬥牛場來。於是，醫生終於又出現了。婦女們陷於瘋狂狀態似地，把花扔向杜立德醫生，甚至脫下了戒指、項鍊、手環，全都扔到杜立德醫生的腳下——大家可能從沒看過這樣的景象吧！就像是寶石和玫瑰花所下的雨一樣。

但是，醫生只是對著這些人微笑而已，再次行禮，又走了出去。

「啊！班波。」波里尼西亞說道：「趕快到那裡去，把人們拋進去的東西收集起來，把那些東西賣掉。偉大的鬥牛士是絕對不會去看地面的寶石的，都是由助手們把這些東西撿起來。可以變賣了換成錢，和醫生一起去旅行的話，隨時都可能要用到錢的。玫瑰花就不用了——不過，絕對不能留下一個戒指哦！——等全都撿起來以後，我們再去安利凱先生那兒拿三千比塞塔。我和湯米在外面等你。這些值錢的東西就拿到臥舖店旁，猶太人開的當舖去典當好了，趕快去。——不過，絕對不可以忘了，不要告訴醫生哦！」

群衆們走出鬥牛場外，在那兒不斷地討論著。不管走到哪裡，都可以聽到有人在議論紛紛，班波口袋裡塞得滿滿地，朝我們這裡走了過來，我們好不容易擠出群衆中，往對面建築物的鬥牛士休息室走了過去，醫生正在門口等著我們。

「醫生，眞是太了不起了！」波里尼西亞飛到醫生的肩膀上，邊說著。「眞是太了不起了！不過，醫生，老實說，我還是覺得我們要趕緊回到船上去較好。在這件豪華的衣服上，披上一件外套好了。我實在不喜歡看到這些群衆的樣子。一半以上的群衆因爲醫生獲勝，而感到非常懊惱，因爲安利凱先生答應了和醫生的約定，從現在開始，必須停止鬥牛比賽。你也知道，大家都很喜歡鬥牛比賽，我恐怕鬥牛士們會對醫生展開報復行動。我非常害怕這一點，我們現在趕快逃走吧！」

「波里尼西亞，你說得很對。」醫生說道：「每次你的決定都是對的，群衆們似乎失去了理智，我獨自回到船上。——這樣才比較不顯眼。我在船上等你們，你們從別的道路回來吧！不過，絕對不要慢吞吞的哦！動作要快！」

等到醫生的身影消失以後，班波趕緊去找安利凱先生，並且說道：「對不起，按照我們的約定，你應該要付給我們三千比塞塔。」

安利凱先生一句話也沒說，臉上露出厭煩的表情，付了全部的錢。

於是，我們趕緊去購買食品，並且僱用了馬車，坐上馬車去購物。沒走多遠，就看到一間規模很大的食品店。只要是食物，幾乎就有販賣的店。我們進入店裡，看到以往從沒看過的高級食品，而我們全都買了下來。

正如波里尼西亞所說的，我們正面臨危險。我們在比賽中獲勝的消息，已經像閃電一般傳遍整個城鎮。爲什麼我會知道這一點呢？因爲我們走到店外，將批購買好的東西放到車上時，一些興奮的人揮舞著棒子，正在找我們。

「這些臭英國人，竟然讓我們停止鬥牛比賽。可惡的英國人在哪裡？——把這些傢伙綁在電線桿上！——丟到海裡去！臭英國人！出來，英國人！」

當然，我們不敢再慢吞吞的了，班波拜託馬車夫以最快的速度駛向港口，並且以手勢恐嚇他，如果他在這期間敢亂說話，就讓他沒命。於是，我們跳上堆滿食物的馬車，拉下車簾，趕緊離開。

「現在，我們根本沒有時間去典當寶石了……」波里尼西亞在馬車走在顛簸的十字路上時，這麼說道。「不過，沒關係。——也許，以後會有用吧！總之，我們的賭博已經贏了三千比塞塔，必須給馬車夫兩個十比塞塔，這樣就足夠了。」

當我們平安無事地到達港口時，在醫生的命令下，猴子奇奇開著小船到碼頭來迎接我們，令我們感到非常高興。

不幸的是，當我們拼命地從馬車上卸下貨物，送到小船上時，憤怒的群衆已經來到了碼頭，朝著我們攻擊過來。班波拿起手邊的大木頭，讓它像水車一樣骨碌碌地轉著，口中發出非洲人可怕的叫聲，使得群衆逐漸退縮。這時，我和奇奇連忙把所有的貨物都運到船上，我們坐到船上。班波把大木頭扔向西班牙人群，然後跟著我們一起跳上船。於是，我們乘船離開了岸邊，像個瘋子一樣地朝「海鳥號」前進。

被拋在後頭碼頭處的群衆，哇哇不停地叫著，說著一些我們聽不懂的話，揮舞著拳頭，並且向我們拋擲石塊。可憐的班波，頭部被瓶子擊中，但是班波的頭硬得像石頭一樣，只不過腫了個疱而已，而瓶子卻破碎了。

當我們到達母船邊時，杜立德醫生已經起錨、揚帆，準備出發了。回頭一看，憤怒的人坐在綁在岸邊的小船上，打算追趕我們。因此，我們根本沒有空把小船上的貨物卸下來，只好用繩子綁住船尾，而我們則跳上母船。「海鳥號」同時滑出港口，朝巴西前進。

「哈！哈！哈！」波里尼西亞在我們全都逃到甲板上，大大地喘著氣時，說道：「眞是大冒險啊！——這讓我想起以前和走私者一起航海的事情。——啊！這才是眞正的生命！班波，你不必在意你的頭，只要讓醫生爲你擦點藥，就不要緊了。小船上載滿著糧食，口袋裡面全都是寶石，這樣我們就有錢了，這也沒有什麼不好——你們覺得怎麼樣？這也沒有什麼不好吧？」

第四部

D. Maclise, R.A.　　T. Landse

第一章、貝殼的話

紫色天堂鳥米蘭達好像會預報天氣一樣，把氣象說得真神準。三個星期以來，我們所乘坐的「海鳥號」，在好像微笑一般的寧靜海上順風前進。

如果是真的水手，對於這樣的航海恐怕會感到很無聊吧！但是，我卻一點也不覺得無聊。船朝著西方與南方不斷地前進，我每天都會發現海面有不同的變化。如果是習慣航海的人，恐怕並不會注意到這些細節，但是眼睛睜得像盤子一樣大的我，卻覺得這些變化很有趣。

我們幾乎沒有遇到其他的船隻，偶爾發現一艘時，杜立德醫生會拿出望遠鏡來，讓我們看。有時候，醫生會利用插在桅桿上的旗子，把消息送給對面的船隻。對面的船隻也會用相同的方法送出信號。信號的意思全都寫在醫生放在船長室的書裡，醫生說這信號就是海的話，不管通過的船是英國船、荷蘭船，還是法國船，任何船通過時，我們都可以和對方互通訊息。

第一個星期遇到的最大事件，就是遇到小冰山。當太陽照射到冰山時，會呈現許多的色彩，就好像童話故事中的寶石宮殿一樣。我們從望遠鏡中，看到一隻白色的熊媽媽帶著小熊坐在冰山上，凝視著我們。原來這隻熊是以前醫生到北極去探險時，曾和醫生談話的一隻熊。醫生將船駛近牠，並且說如果可以，願意讓牠們搭上「海鳥號」，向牠們伸出救援之手。但是，白熊卻搖搖頭，對醫生說，如果這船的甲板上沒有使小熊的腳變涼的冰，小熊可能會太熱了。

實際上，最近眞的非常熱，然而在這麼大的冰山接近我們時，我們都拉起了上衣的領子，並因爲寒冷而全身發抖。

在這麼持續如此平靜，而又平和的日子中，我在醫生的教導下，學會了看很多書。醫生甚至讓我製作航海日誌。航海日誌就是在每艘船上都會有的大航海紀錄本，其中記載著船前進的公里數、方向，另外還有一些發生的事情，就像是一種日記。

醫生有空的時候，也會在自己的筆記本上寫些東西。有時候，我會偷偷地看這筆記本。雖然我能夠閱讀，但是要閱讀醫生的筆記，似乎有點困難。許多的筆記本似乎都在寫有關於海的事，其中的六本，有一本是寫著有關海鳥的事，還有一本記載著有關於海中的蟲類，以及貝殼類，全都經過整理，記錄在裡面。

有一天下午，我們看到了好像乾草似的一捆捆的東西漂到了船邊，醫生說那是馬尾藻。隨著船隻的前進，可以看到水面上全是馬尾藻。這光景就像不是在大西洋航海一樣，卻像是船在橫渡廣大的草原一般。

在草上，有很多蟹，這光景讓醫生想起了要學習貝殼話的夢想。醫生用網活捉了五、六隻蟹，試驗看看牠們是否懂得自己所說的話，因此把牠們放在聽取槽中。除了蟹以外，還看到樣子較為奇怪的小魚。醫生說，這種魚名為銀色菲吉特。

醫生在那兒豎耳傾聽螃蟹所說的話，但是也不行。然後，又把菲吉特放在水箱中，傾聽牠所說的話。這時，我因為有事到甲板上去，因此不在醫生的身邊。但是，後來從下方傳來醫生叫喚我的聲音。

「史塔賓斯，」醫生看到我時，說道：「真是太好了。——實在令人難以相信，——我懷疑自己是在做夢，——我簡直不敢相信自己的耳朵。我，我——」

「醫生，怎麼啦？」我問道：「發生了什麼事呢？」

「菲吉特。」醫生的手指在顫抖著，指著靜靜地在聽取槽中游來游去的小魚，用興奮的聲音說道：「牠會說英語，而且——還有——還有——牠會吹口哨吔！而且是英國的樂曲呢！」

「會說英語！」我叫道：「會吹口哨！……真的嗎？」

「真的！」醫生很興奮，連臉色都變了。「雖然只是少數的幾個英文單字，也許沒有任何意義，但是和魚的話摻雜起來使用，就可以了。雖然我不知道牠所說的是什麼意思，但是我確定自己沒有聽錯，牠說的是英文。而且，牠還用口哨吹奏著歌曲呢！我聽得很清楚，因為吹奏的是相同的曲子。你也聽聽看，你覺得怎麼樣？告訴我，你到底聽出來了沒？你趕快來聽聽看。」

我走到置於桌上的玻璃箱邊，醫生拿著筆記本和鉛筆。我掀起了蓋子，醫生拿了東西讓我墊腳。我站在墊腳的箱子上，把右耳湊近了水面。

在短暫期間內，好像什麼也聽不到。——但是，我沒有碰到水的耳朵，好像聽到醫生在痛苦地喘息著，擔心地等待著，想要知道我到底聽到了什麼。終於水中傳來了好像從幾里外，孩子在呢喃的聲音。

「啊呀！」我說道。

「怎麼啦？」醫生用顫抖的聲音問道：「牠說什麼？」

「我聽不懂。」我說道：「大概是說一些我從未不曾聽過的魚的話吧！——啊！等一等，對了，我明白了。——『禁菸』『啊呀！這裡有個奇怪的傢伙』、『畫著玉蜀黍的風景明信片』、『這是出口』，『不可以吐痰』——醫生，牠怎麼都說一些奇怪的話呢。——等一等，等一等，——牠現在在吹口哨了。」

「什麼曲子？」醫生以嘶啞的聲音問道。

「約翰·皮爾。」

「哇！眞的。」醫生叫道：「我沒有聽錯。」醫生好像瘋子一般地在筆記本上拼命地寫著一些東西。

我豎耳傾聽。

「眞是奇妙啊！」醫生一邊移動著鉛筆，一邊說道：「眞是奇妙啊！——眞是有趣啊！——到底在哪裡？」

「又說話了。」我說道：「還是用英文，——『大桶一定要洗乾淨才行』——說完了。接下來，就是說魚的話。」

「大桶！」醫生叫道，好像在想些什麼似地緊皺著眉。「到底在哪裡學會——」

杜立德醫生說著，緊接著從椅子上站了起來。

「我知道了！」醫生大叫道：「這魚是從水族館裡逃出來的。我知道了！你聽牠所說的話，『風景明信片』——這是水族館常賣的東西，『禁止吐痰』、『禁菸』、『這是出口』——這全部是水族館的守衛所說的話。還說，『啊呀！這裡有個奇怪的傢伙』，一定是一些人在看著水槽時，經常會說的話。不就是這樣嗎？史塔賓斯，一定是這樣的。」

第二章、菲吉特的話

醫生再度開始研究貝類的話，幾乎達到廢寢忘食的地步，不眠不休地工作。直過了半夜時分，我坐在椅子上打盹。到了清晨兩點鐘左右，班波也在掌舵的地方睡著了。接下來的五個小時，「海鳥號」在海上漫無目的地漂流著，但是約翰·杜立德醫生並不在乎這一切，只是極力地想要了解菲吉特所說的話，同時也想要讓菲吉特了解自己的話。

當我清醒時，已經是中午了。醫生就像一般熬夜的人一樣，看起來非常疲倦，而又邋遢。他仍然站在聽取槽旁邊。但是，臉上卻洋溢著幸福的微笑。

「史塔賓斯，」醫生看到我起來了，趕緊對我說：「終於辦到了！我已經掌握到了解菲吉特的關鍵了，雖是非常困難的話——以前，我聽過很多種話，認爲牠所說的話和其他的都不一樣，但是後來我都覺得總有點像某一種話，結果我想起來，那是很久以前的希伯來語。這並不是貝殼的話，但是能進行至此，可以說是一大跳板。接下來的工作，就是拿出新的鉛筆和筆記本，你把我所說的話全都抄寫下來。菲吉特保證要告訴我有關於牠的身世，我把牠翻譯成英文以後，你就抄寫在筆記本上，準備好了嗎？」

醫生再次把耳朵附在水面上，在醫生說話時，我開始做筆記。

這就是菲吉特對我們所說的故事——

〈在水族館內生活的十三個月〉

「我出生於太平洋國家智利海岸附近，是二千五百二十名家族中的一員。後來，我們這些年輕人就和父母親分開，獨自生活了。——因為前來追趕我們的鯨魚，使我們四散奔逃。我和妹妹克莉帕（我最喜歡的妹妹）好不容易撿回一命。通常只要我們好好地躲起來——行動快一點的話，不必熬費苦心，就可以逃避鯨魚的追殺。但是，追趕我和妹妹的那傢伙是可惡的鯨魚，如果在石頭或某些東西下面不見我們的蹤影時，牠會再次折返回來，不斷地找尋，直到把我們找出來為止，我從來沒見過這麼頑固的傢伙。

後來，我們終於躲過了追逐我們至南美西海岸，一直追蹤我們長達數百公里的鯨魚。但是，這一天的運氣眞是糟透了！就在我們稍作喘息的時候，其他的菲吉特家族跑了過來，大聲地對我們說道：『趕快逃走吧！小鯊魚來了。』

小鯊魚很喜歡吃我們這些菲吉特，我們是牠們最喜歡的食物。因此，我們一向都小心謹慎，遠離深海，但是要躲避小鯊魚的攻擊並不容易。這些傢伙的速度非常快，是不容忽視的海洋殺手。我們必須不斷地逃竄才行。

游了數百公里以後，回頭一看，小鯊魚已經逐漸逼近我們了。於是，我們趕緊逃到港口，這是美國的西海岸。到了這兒，任何小鯊魚都不可能再追過來了。我們一邊逃，一邊不斷地祈禱著，根本沒有注意到四周的情況。那些傢伙逐漸朝北前進，就再也沒有出現了。我眞希望那些傢伙跑到北極海或其他地方凍死算了。

但是，正如我所說的，這一天實在是不幸的日子。我和妹妹繞著停泊在港口的船邊打轉，找尋我們最愛吃的橘子皮。結果，只聽到叭啦、叭啦的聲音，我們就被撈到網中了。我們極力地掙扎，想要逃走，但是根本白費力氣，由於網眼太小，製作得很結實，『實在是插翅難飛。在不斷地拍打、拉扯之間，我們被拉扯到船邊，在中午陽光的照耀下，被拋到被曬得乾巴巴的甲板上。

這時，留著鬍子，戴著眼鏡的兩個上了年紀的人，用奇妙的聲音說話，彎下身子看著我們。和我們同時被網起的小鱈魚，老年人把牠們丟進海裡去了，但是卻小心謹愼地把我們捧在手上，仔細地把我們放入瓶中。然後，帶到海岸，進入很大的家園。在瓶中的我們，被移入一個很大的玻璃箱中。這地方建築在港邊，有海水不斷地流入桶中，讓我們能夠自由地呼吸。當然，我從來不會住在玻璃牆的建築物裡，剛開始時，總想要游泳穿過玻璃牆，以加速度衝撞玻璃，撞得連鼻子都快斷了。

接下來的幾個星期，每天都過著無聊的日子。這些老年人非常重視我們。戴著眼鏡的老年人似乎很得意地一天兩次凝視著我們，注意食物好不好，光線的情形如何，以及水是否太熱或太冷，用心地照顧我們。但是，這眞是非常無聊的生活啊！我們只不過是被觀賞的魚而已。每一天早上固定的時間，這一家的大門就會打開，城鎮的人就會前來觀賞我們。

除了我們以外，在這大房間的牆壁上，還陳列著許多裝滿魚的水槽，觀賞者隔著玻璃，好像比目魚似地目瞪口呆的看著我們，從一個水槽移到另一個水槽。看到這種情形，我覺得實在非常無聊。因此，我們也張著嘴巴讓他們看。雖然如此，參觀者卻覺得很有趣似地。有一天，妹妹克莉帕對我說道：『哥哥，你覺得怎麼樣？你會不會說這些捉住我們的奇怪生物的話呢？』

『當然會囉！』我說道：『先是用嘴說話也可以，只是用臉說話也可以，或光用手勢說話也不成問題。妳只要湊近玻璃箱去看看，就可以聽到他們的說話了。妳聽聽看。』這時，觀賞的人群中，有個身材高大的女人把鼻子貼在玻璃箱上，對身後的孩子說道：『啊！你看！有個奇怪的傢伙吔！』

結果，我們發現人類在觀看東西的時候，通常會有這樣的反應。於是，我們長時間觀察以來，認爲這就是人類所說的全部的話，也可以說是人類理想貧乏的證明。我們爲了要打破無聊的生活，因此暗地裡記住『啊！你看，有個奇怪的傢伙吔！』這些話，但是我們並不了解其中的意思。於是，我們努力地想要學習人類所說的話。在牆壁上，寫著很多注意事項。水族館的警衛看到觀衆吐痰或抽菸時，就會很生氣地指著這些注意事項，結果我們看到這些事項是禁菸、禁止吐痰等等的字眼。

到了傍晚時，觀衆們全都回去了。有一隻腳是裝著義肢，上了年紀的老年人，每天晚上都會到裡面來打掃。這老年人一邊打掃，一邊用口哨吹著相同的曲子，由於我們很喜歡這曲子，因此記住了。我想這可能也是一種話吧！

我們在這陰暗的家中，就這樣過了一年。新的魚被放入其他水槽，舊的魚則被帶走。剛開始時，我們也眞希望被這些觀衆挑中。好讓我們重得自由之身，回到海洋。但是，過了幾個月，卻覺得心情更加沉重，漸漸地兩人都閉口不語了。

有一天，一位來賞魚的婦人因爲太熱而倒下，我隔著玻璃窗，看到大家很興奮地在那兒叫著。雖然我不認爲這是什麼大不了的事，但是大家都爲這婦人潑冷水，把她送到屋外去了。

但是，這件事情卻給了我一個很好的靈感。不久之後，我就想到了非常好的想法。『喂！』我叫喚著妹妹克莉帕，這時妹妹因爲討厭被那些孩子圍觀，因此躲在水底的石頭後面。『也許，我們可以假裝生病的樣子，就可以從這悶熱的住家中被帶出去了。』

『哥哥，』克莉帕有氣無力地說道：『也許能夠被帶出去吧！但是，我們一定會被當成垃圾丟掉的，到時候我們就會被太陽曬死了。』

『可是，』我說道：『海距離我們這麼近，他們又何必另外找垃圾堆來把我們丟掉呢？當我們被帶到這裡來時，我曾看到垃圾被丟入水中。如果眞的都被丟入水中，我們就能逃到海裡去了。』

『你是說海嗎？』克莉帕好像恢復了精神似地，睜著她那雙美麗的眼睛，叫道：『就好像做夢一樣！海！哥哥，我們能夠再回海中游泳嗎？每天晚上在這牢房的地板上清醒時，在我的耳下就聽到美麗波浪的聲音，我眞的好想念好想念海哦！眞是太美妙了，那『寬廣的海洋！所有的一切都是清新的，而又感到舒暢的海洋。颶風吹起時而掀起的波浪，大西洋的波濤或隱藏在波浪底下的漩渦，眞是太美妙了！在黃昏裡，夕陽西下的時候，在波浪被映照成粉紅色的夏日黃昏，如果再能去追趕那些小蝦，該會有多好啊！在平靜而無風帶的白天，能夠在波浪上打滾，照耀熱帶暖洋洋的太陽，能夠手牽著手通過印度洋的大海草林中，找尋美味的魚卵來吃，可以到海底閃耀著珍珠與綠石光輝的南美北岸的珊瑚鎮龍宮去玩一趟，那該有多好！能夠到南洋海中去野餐，那該有多妙！能夠到墨西哥滲海綿的睡床去翻筋斗，那該有多美！能夠在沉船中來回地遊蕩，進行冒險之旅的話，那該有多棒！——還有，在東北風吹拂的寒冬夜裡，能夠躲在溫暖的海底，那該有多好！在那深海魚閃耀著光亮，我們的親朋好友都愉快地坐在那兒聊天。——哥哥，大家都會說一些海洋世界的消息，以及朋友的近況呢！——啊……』

妹妹說著，擦了擦鼻子，『哇』地放聲哭了起來。

『不要哭。』我說道：『妳要讓我也惹起相思病嗎？我們要趕快裝出生病的樣子。——假裝死掉也沒有關係，就算被丟到垃圾堆裡，或被太陽曬死，也比待在這牢籠裡好多了吧！怎麼樣？要不要試試看？』

『我願意試試看。』妹妹高興地說道。

於是，第二天早上，兩隻菲吉特浮在桶的水面上，好像死了，而使得身體變得僵硬似地。終於被守衛發現了。我們很高明地模仿死魚的樣子。——當然，這是我自己說的。警衛趕緊跑去把留著鬍子，戴著眼鏡的老紳士請來。紳士們看了我們，在那兒比手劃腳一番，然後小心謹慎地把我們從水裡撈了起來，讓我們躺在濕布上。這一來可就讓我們覺得非常麻煩了。如果你是魚，就會知道從水中被撈出來時，爲了呼吸，嘴巴一定要張張合合。——而且，也不能持續太久，因此我們只能像棒子一樣，緊繃著身體，用半張開的嘴巴偷偷地呼吸。

這些老年人很殘忍地拍著我們，摸著我們，捏著我們。在他們回頭去討論的時候，一隻很討厭的貓跳到了桌子上，似乎要把我們吃掉似地，僥倖的是這些老年人回過頭來，把貓趕走了。當然，在他們沒有看到我們的時候，我們拼命地呼吸空氣，因此才沒有窒息而死。我很想小聲地對克莉帕說話，要她振作起來，但是我卻無法做到。爲什麼呢？因爲魚的話只有在水中時，才可以聽得到。

老年人終於對著我們搖了搖頭，很悲傷地把我們帶到屋外去了。

『啊！就是這兒。』我下定了決心。『自己的命運即將要展開了，到底是重獲自由，或被丟入垃圾桶呢？』

來到外面時，讓我們感到非常失望。老年人筆直地朝著在庭院旁大的灰桶的方向前進。但是，幸運的是當老年人穿過庭院的時候，一位男子駕著馬車來，把灰桶帶走了。可能灰桶是這名男子的東西吧！

那位老年人因爲要找丟掉我們的地方，好像打算把我們扔在地面上似的，但是又怕把庭園弄髒了，因此放棄了。我感到非常擔心，老年人走出庭院，當我知道他想把我們丟棄在路旁的水溝時，我心裡又覺得非常失望。但是（老實說，這一天眞是幸運的日子啊！），這時一個穿著綠色衣服，釘著銀色釦子的高大男子叫住了老年人。這高大男子拿著一根粗短的棒子，好像在責罵老年人，似乎在說把死魚丟到大街上，是違反城鎭規則的做法。

幸運之神眞是眷顧著我們，老年人終於回頭把我們帶到港邊去了。但是，老年人側目看著那名穿著綠衣服的高大男子，嘴裡嘮嘮叨叨地在抱怨時，我眞想咬他的手指。這時，克莉帕和我都已經奄奄一息了。

老年人終於走到防波隄處，用悲傷的眼神向我們告別，把我們丟到港口的水裡去了。

我感覺到潮水拍打在我臉上，這一剎那，心中的喜悅眞是難以形容。我們搖搖尾巴，又活了過來。老年人看到這情形，嚇了一跳，把腳伸進海中，幾乎要落到我們身上，但是我們趕緊躲了起來。這時，原先穿著綠色衣服的那名男子又走過來，責罵那名老年人，並捉住他的衣領，把他帶走了。看來，把死魚丟在港口，也是違反城鎭的規則。

但是，我們……我們根本無暇在意那老年人即將面臨的災難，因爲我們重獲自由了！像閃電一般的不斷地跳躍著，到處轉著。我們像個瘋子一樣，在各處游泳，高興地大叫著，回到了令人懷念的大海的家。

我的話已經說完了，而且，按照昨晚的約定，我願意回答任何有關你所提出的海的問題，而你也答應過，等待你的疑問得到解答以後，讓我恢復自由之身。」

醫生：「到目前爲止，除了『尼洛深海』這爲人所熟知的海以外，還有沒有更深的海呢？——我所說的，是在關島附近的深海。』

菲吉特：「有的，在亞馬遜河口附近，有更深的地方。不過，由於它是狹窄的場所，很不容易被發現。我們稱之爲『深穴』。另外，在南冰洋也有深海。」

醫生：「你會說貝殼的話嗎？」

菲吉特：「不，一句也不會，像我們這種普通的魚，和貝類一點關係也沒有。我們將貝類視爲是更低等的生物。」

醫生：「可是，在牠們的身邊，能不能聽到牠們的談話呢？不管說什麼都可以，即使不懂也沒關係。」

菲吉特：「如果是很大的貝類的話，可以聽得到。貝類都只會發出有氣無力的微弱的聲音，如果不是牠們的同類，幾乎都聽不到。不過，如果是大型的，就另當別論了。大型貝類所發出的聲音，就好像用石頭敲打鐵管一般，是悲壯而低沉的聲音。——當然，聲音並不是是眞的很大。」

醫生：「我眞的很想到海底去，——因爲我想做各種研究。但是，你也知道，像我們這種陸地的生物是不能在水中呼吸的，你有沒有什麼好方法呢？」

菲吉特：「我想，要解決這難題，只要能捉住大型海蝸牛是最好的了。」

醫生：「咦，——你說什麼？誰？什麼是大型海蝸牛呢？」

菲吉特：「是非常大的海水蝸牛，是盲貝的一種，好像一間房子那麼大。說話的時候，聲音非常的大。而且，不論是大海的任何地方，以及深海的地方，都可以前去。因爲牠不必害怕海中的任何生物，可能是由透明的珍珠貝所形成的，因此可以透過貝殼看清楚外面的一切。不過，殼又厚又強，當走出這殼，揹著這殼走路的時候，殼中甚至能容納兩匹馬拉的馬車呢！旅行時，在殼內放入糧食，再揹著走也可以。

醫生：「我想，這就是我要找尋的東西。到時候，殼內可以容納我和我的助手，即使到海底最深處，也能夠探險。不過，你想我們能捉到那東西嗎？」

菲吉特：「啊！我想如果能捉到那東西，眞是太好了。不過，一般的魚是無法發現牠們的，牠們住在『深穴』中，很少出來。深穴底部是骯髒的水，我們普通的魚是無法到那裡去的。」

醫生：「噢？那我可眞是感到失望呢！在海中有很多的蝸牛類嗎？」

菲吉特：「不，不，蝸牛的第二任妻子在很久以前就去世了，現在活著的只有一隻而已！可以說是最後的巨大貝類，就好像昔日當鯨魚還是陸地動物的遠古時代，牠們也曾存在著，據說年紀已經高達七萬歲以上了。」

醫生：「原來如此，那眞是非常珍貴呀！我眞想見識一下這種東西。」

菲吉特：「你還有沒有其他的問題，醫生，你這水槽裡的水味道已經變了，讓我覺得很不舒服。如果你的事情已經結束了，我希望立刻回到海裡去。」

醫生：「還有一個問題想問你，一四九二年哥倫布橫渡大西洋時，有兩份抄寫的日記密封在桶中，丟到海裡去了，其中的一個一直沒有被發現，我想一定是沉入海底去了。我想得到這本書，好作爲藏書，你是不是可以告訴我，這本書究竟在什麼地方呢？」

菲吉特：「我知道，那是在『深穴』裡。當桶往下沉時，隨著潮流而到北邊，我們讓它沉入名爲歐里諾克丘的海底，它就這樣沉入『深穴』中，再也找不到了。如果是其他地方，我可以去爲你找這個桶，但是那個地方我是絕對不會去的。」

醫生：「我的問題問完了，可是我眞不想讓你回到海裡去。讓你回去以後，也許我會有幾百個問題想要問你呢！但是，我又不能不遵守約定，在分手時，你有沒有想要的東西呢？——外面好像好冷。——想不想要一些蘇打餅乾碎屑呢？」

菲吉特：「不，什麼都不要，現在只想要新鮮的海水。」

醫生：「承蒙指教，不勝感激。你眞的是對我很有幫助，以後我一定要好好地努力，繼續研究。」

菲吉特：「你別客氣。能夠幫助偉大的約翰·杜立德醫生，讓我感到非常高興。醫生，你知道嗎？現在，醫生在魚類的上流社會中是非常有名氣呢！再見了！——醫生，醫生的船、醫生的計畫，希望都很幸運！」

醫生把聽取槽拿到船的窗邊，打開蓋子，把菲吉特放入海中。

醫生聽到輕微的魚的入水聲時，在那兒喃喃自語地說道：「再見！」

我把鉛筆擱在桌上，嘆息著靠在椅背上。由於長時間做筆記，手指非常地僵硬，眞懷疑自己的手掌是否能再張開了。還好我前天晚上已經睡了一覺，還有力氣。

可憐的醫生，看起來非常疲倦的樣子，當他把水槽放回桌上時，連滾帶爬地坐在椅子上，很快地就響起了鼾聲。

在外面的走廊下，鸚鵡波里尼西亞生氣地敲著門。

我突然清醒過來，趕緊打開門，讓牠進來。

「到底怎麼回事？」鸚鵡波里尼西亞叫道：「這船到底怎麼回事呀？二樓的黑人在船舵下睡著了，醫生在這兒睡著了，而你還拿著鉛筆在那兒練習寫字嗎？這船怎麼看，也不像是航向巴西的船。船好像空瓶子一樣，在海中漂流了。——現在，又比預定的時間要晚一個星期了，這是怎麼回事呀？」

波里尼西亞非常地生氣，連聲音都變得非常尖銳，但是卻無法吵醒醫生。

我謹慎地把筆記本放回抽屜裡，跑到甲板上去掌舵了。

第三章、壞天氣

當我再次將「海鳥號」駛回原先的航路時，覺得情況有點奇怪，那就是船不再像以往一樣，順利地前進了。現在，幾乎已經不再吹來涼爽的風了。

我們在剛開始時，並不在意風，因爲認爲在不久之後，風應該還會再吹起，但是過了一天，過了兩天，過了一個星期——過了十天，風卻無法再增強。

「海鳥號」好像嬰兒似地學步，在海上慢吞吞地前進。

杜立德醫生好像也很擔心，拿出六分儀（測量儀器）來，檢查船的位置與方向。醫生一直盯著地圖看，測量距離。一天之內，拿出望遠鏡來觀察遠處的盡頭，以及海面達上百次之多。

「不過，醫生，」有一天下午，我看著烏雲密佈的天空，對醫生說道：「航行的時間拖了這麼久，應該不要緊吧？我們沒有多餘的糧食。而且，我想紫色天堂鳥對於我們的遲到，應該知道這是無可奈何的事情。」

「我也這麼想。」醫生彷彿在思索著什麼地說道：「但是，讓牠等待並不好。每年到了這季節時，基於維護健康之故，牠必須到秘魯的山上去。而且，牠所預告的好天氣期間，已經接近尾聲了，所以我想最好不要拖延航海的時間。如果船按照普通的速度前進，我們是不必在意這天氣的。但是，看它搖搖晃晃，好像停止前進似地，使我無法靜下心來。——起風了！——雖然不是很強——這風應該會增強吧！」

來自東北邊和緩的微風，發出微弱的聲響，吹動著帆繩。

我們抬頭看著「海鳥號」傾斜的帆杜，笑了起來。

「在到達巴西海岸之前，還有二百四十公里呢！」醫生說道：「這風如果能一整天不停地吹，就能夠看到陸地了。」

但是，風向竟然改變，轉向東邊，然後又回到東北邊——然後，又轉爲北邊。似乎並沒有決定哪一個方向，而胡亂地吹著。我站在駕駛台上，儘量讓「海鳥號」配合著風勢，忙碌地在那兒轉變方向。

這時，我們聽到了波里尼西亞的聲音。波里尼西亞停在繩頭上，看著陸地或過往的船隻，用尖銳的聲音叫道：「現在起風了！這麼奇怪的風是不好的前兆。你看，在東邊。——你看那低矮的黑線，如果那不是暴風雨，我以後就不再當水手了。如果遇到這麼強勁的風勢，帆一定會碎裂成有如紙片一般。醫生，趕快到駕駛台上，眞正的狂風暴雨要來臨了，必須要有強力的人才能夠支持。趕快叫醒班波和奇奇，情況並不好。在了解風的強度以前，一定要把帆全都卸下來才行。」

實際上，整個天空的光景都完全改變了。東邊的黑線逐漸逼近我們，四周變得一片黑暗。低沉，好像呻吟似的叫聲響徹了海面上。原先還是靛藍微笑的水，現在卻變成瘋狂的黑灰色，一大朵一大朵的雲好像中了魔法似地，快速地漂了過來。

我必須要爲各位敘述一下我當時的心情。大家也知道，以前我看到的只是海平靜時的面貌，有時候是安靜的，有時候好像是沉睡似地，有時候是微笑著，月光使波浪呈銀線，如夢幻航夜晚白色的雲，製造成仙女居住的城堡形狀，讓我覺得海是美麗而溫柔的詩的世界。我從來不知道海竟然擁有憤怒的力量，這實在令我覺得難以想像。

狂風暴雨終於侵襲而來，就好像眼睛看不到的高大男子，在拼命地打著「海鳥號」似地，我們好像立刻就要倒下似地。

讓我們無法喘息的強風不斷地吹過來，使我們無法看清目標的巨浪不斷地衝擊而來，這使我在船隻遇難時詳細情節已經記不清楚了。

我只記得當我們在甲板上捲起風帆的時候，風吹得非常強。當我們想把帆卸下來時，帆就好像汽球一樣被吹走了。這時，奇奇好像也快被吹走一樣。我彷彿記得波里尼西亞發出尖銳的叫聲，要人下去把窗子關起來。

由於帆不再掛在桅桿上，因此我們的船快速朝南滑行。這時，看到巨大黑色的波濤好像夢中所夢見的怪物似地，從船腹攻擊而來。有時，高高的聳立在我們面前，然後「嘩」地掉落下來。

可憐的「海鳥號」一半沉在水中，已經陷於窮途末路中，又好像奄奄一息的小豬仔似地。

我爲了到醫生所在的駕駛台那兒去，一邊戰戰兢兢抓緊扶手，以免自己掉進海裡，一邊向前走。就在這時候，一個滔天大浪朝著我撲過來。我難過得喉嚨中好像塞滿了鹽水，然後好像一個漂浮似的軟木塞一樣，從甲板上彈跳起來，頭部撞到了門，發出很大的聲響。——接著，我就昏了過去。

第四章、船難

清醒時，我覺得腦袋一片空白。藍色的天空，平靜的海面。剛開始時，我以爲自己是躺在「海鳥號」的甲板上曬太陽，而睡著了。但是，後來我想起可能是該自己掌舵的時候了，想趕緊跳起，但是卻無法動彈。

原來我不知道被繩子綁在什麼東西上，側過頭來一看，原來是帆柱。後來，我知道自己已經不在船上了，而是坐在被破壞的船的一部分上面。我因爲不安而害怕得很，張開眼睛，找尋東南西北海的盡頭，看不到陸地，看不到船，沒有看到任何一個人，只有我一個人漂流在大海洋中。

我終於漸漸地想起發生的事情了。剛開始時，是遇到了暴風雨，然後帆被吹走了，接著是大波浪撲向我……

不過，醫生他們到底怎麼樣了呢？到今天爲止，是過了幾天了呢？爲什麼只有我一個人坐在破裂的船板上呢？

我把手伸進口袋裡，找到了小刀，切斷了綁住我的繩子。突然，我又想起了從撿貝殼的喬那兒所聽說過的事情，某艘遇難船的船長爲了不使兒子沉入海中，把他綁在帆柱上。我想，醫生一定也是做了相同的事。

但是，杜立德醫生在哪裡呢？醫生和其他的人也許已經溺斃了？想到此我就覺得內心一陣驚慌。在水面上，已經看不到其他遇難船的碎片。我站了起來，看著海上——任何東西——在水與天之間，沒有任何東西。

突然，我看到了遠處掠過波浪，看起來像是鳥的小小黑影。靠近一看，原來是一隻海燕。我想，也許可以從牠那兒問出些什麼，因此我試著和牠溝通。但是，不幸的是我並沒有學會海鳥所說的話，因爲並沒有引起海鳥的注意。

這隻鳥的翅膀幾乎都不動，曾有兩次慢慢地轉過頭來看著我。我凝視著這隻鳥，忘記了自己的災難，在那兒想著昨晚暴風雨來襲時，這隻鳥在哪裡度過的呢？牠那軟弱的翅膀，如何能抵擋暴風雨的吹打呢？這時，我了解到生物之間有許多不同的差異，並不是又大又強就沒有問題。像這隻海燕，比我更小而軟弱，如果在這大海上颳起狂風巨浪，恐怕牠並無法躲過，但是就算海上有狂風巨浪，海燕仍然能夠優哉遊哉地揮動著翅膀飛翔。這小鳥才是眞正的「經驗豐富的水手」。不論是風平浪靜或風浪濤天，海永遠都是牠的住家。

這小鳥在我身邊飛來飛去之後（牠一定是在找尋獵物），又飛走了。我又孤伶伶地了。

我覺得肚子有點餓，——喉嚨也非常渴。我想，如果醫生和其他人都溺斃了，那我該怎麼辦呢？大概也只有飢餓而死了。太陽終於躲到雲朵後面，四周變得寒冷了。我不知道自己距離陸地

有數百公里遠，如果再吹起暴風，那麼我所乘坐的木板恐怕很快就會沉到海底了。

我想到這一點時，心情覺得更加鬱悶了，突然我想到鸚鵡波里尼西亞所說的話：「只要和醫生在一起，永遠都是安全的，一定會平安無事的，你不可以忘記這一點。」這是鸚鵡所說的話。

如果醫生現在眞的和我在一起，我就不會這麼擔心了。但是，我現在卻是孤伶伶的一人，這令我非常想哭，然而海燕也是只有孑然一身呀！——牠不會因爲寂寞而哭泣，看起來眞像是個小孩，我不禁對自己這麼說。至少，我在這兒——還是安全的。如果約翰．杜立德醫生能夠幫助我，那麼他也應該能幫助自己。也許，眞如波里尼西亞所說的，醫生等人並沒有淹死。現在，我漸漸地朝好的方向去想了。

我鼓起勇氣來，扣緊衣服的釦子，努力使身體保持溫暖，在小小的板子上走來走去。我要像杜立德醫生一樣，絕對不能夠哭。——絕對不能夠想一些無聊的事情。

我在板子上到底走了多久，自己也不知道。總之，走了許久。——因爲我不知道還有什麼事情可以做的。

我終於累得倒在板子上，雖然有很多令我擔心的事情，但是我還是沉沉地睡去了。

清醒時，星星從雲端偷看著我，在平靜無風的海面上，這麼奇妙的小島在平靜的波浪中，不斷地搖晃著。在靜默無聲的黑暗中，使我失去了勇氣。我的喉嚨非常渴，肚子又餓，使我覺得眞是受不了了。

「你醒了嗎？」

突然，在我身邊傳來如銀鈴般的聲音。

我好像被針刺中似地跳了起來，板子的一端在微弱星光的照耀下，看到一隻擁有美麗羽毛的鳥，原來是米蘭達！

在我這一生中，從來沒有這麼高興過。由於想要擁抱米蘭達，我跳了起來，還差一點掉到水裡去呢。

「我不想吵醒你。」天堂鳥說道：「遇到這麼悲慘的事，我想你一定很疲倦了，但是請你不要把我捉起來殺掉。你也知道，我是不能用來製成標本的。」

「米蘭達，眞是懷念你啊！」我說道：「眞是太好了，醫生在什麼地方，他還活著嗎？」

「當然活著了，任何時候醫生都會健在的。這是我堅定的信念，醫生可能是在西邊六十公里處吧！」

「他在那兒做什麼？」

「可能坐在剩下一半的『海鳥號』上刮他的鬍子吧！——在我要出發的時候，他正在做這一件事呢。」

「啊！醫生還活著，那眞是太好了。」我高興地說道：「還有班波和其他的動物們也都平安無事嗎？」

「嗯，他們都和醫生在一起呢！暴風把船吹成兩半。你昏了過去，因此醫生把你綁起來，但是你所坐的那一部分船板被沖走了。眞是很可怕的暴風雨啊！能夠抵擋這種天氣的，只有海鷗和信天翁而已！我在崖上等了醫生三個星期。不過，昨天晚上因爲風太強，我怕我的尾巴和羽毛會被吹走，因此躲在洞穴中。當我出來找醫生的時候，醫生派我和兩、三隻海豚出來找你，海燕也加入搜索的行列中。爲了歡迎醫生，很多的海鳥都在等待他呢！由於天氣非常惡劣，我們就不必作正式的歡迎禮了。通知我們你的所在處的是海燕。」

「米蘭達，我要怎麼樣才能到醫生那兒去呢？——我沒有能夠划船板的槳啊！」

「到醫生那兒去！——不過，你現在已經在往那兒的路上了。你看看後面。」

我回頭一看，月亮在海的對面昇起來了。我的船板在水上移動著。不過，由於波浪很平靜，因此我並沒有察覺到。

「怎麼能動呢？」我問道。

「海豚啊！」米蘭達回答著。

我走到船板後面，看著水裡。在接近水面的地方，隱隱約約可以看到四隻大海豚。牠們用鼻子推著船板，光滑的皮在月光的照射下，閃閃生輝。

「那是醫生的老朋友了。」米蘭達說道：「爲了杜立德醫生，大家願意做任何事情。不久之後，你就可以看到醫生那一群人了，已經接近我先前出發的地方了。——對了，就在那兒，你看到那黑色的東西嗎？——嗯，再偏右邊一點，有沒有看到背對著天空，站在那邊的黑人呢？——哦！奇奇發現我們了——牠在向我們揮手呢！你看到了嗎？」

但是，我看不到——我並不像米蘭達一樣目光銳利，但是在黑暗中，我可以聽到班波正用他那強而有力的聲音在高歌著非洲歌曲呢！

不久之後，我朝著聲音的來處看時，看到一塊破帆與破裂的船板，那就是可憐的「海鳥號」的全部殘骸——還在水上漂浮著呢！

在黑暗中，傳來有人叫喚我的聲音。我正答應著他們的叫喚。在平靜的海面上，平靜的叫喚聲此起彼落地響起。

數分鐘後，勇敢的遇難船破裂的兩半慢慢地合併在一起了。

由於月亮高掛在天空，所以一切都看得很清楚。醫生所在的那一半船，比我的稍大些。大家擠在破裂的船板上，啃著硬麵包。

但是，只有杜立德醫生看著水邊，以平靜的水面為鏡，用瓶子的碎片當成刮鬍刀，就著月亮在刮鬍子呢！

第五章、接近陸地

當我移到另一半的船上時，大家都很高興地歡迎我。班波從桶裡拿了一些美味的水給我喝，奇奇和波里尼西亞則剝了一些麵包給我。

但是看到醫生的笑容，能夠再和他們在一起，對我而言，這才是最大的喜悅。醫生把用玻璃碎片當作刮鬍刀的玻璃碎片擦拭乾淨，這麼一來，就可以再次使用了。當我看到這情形時，不禁認爲醫生和海燕有相同之處。實際上，他能夠和動物說話，擁有淵博的知識，具有許多其他人所無法擁有的力量。醫生像海燕一樣，不論遇到多麼大的狂風暴雨，他也能渡過。米蘭達曾清楚地說過，說醫生絕對不會死。我現在終於了解其中的意義了。只要和醫生在一起，心情自然就會平靜。

除了衣服已經破爛不堪，帽子已經弄濕以外，在經歷過這場大風暴以後，醫生的樣子仍和在帕德爾比海岸出發時一樣，沒有任何改變。

醫生向找到我的米蘭達致以謝意，並且請牠帶我們到蜘蛛猴島去。同時，請求海豚推著大船板，跟著天堂鳥指引的方向一起去。

船遇難時，除了醫生的刮鬍刀以外，我不知道另外還失去了多少東西。但是，醫生並不覺得有什麼不方便，仍然笑口常開。我看到除了水桶與餅乾袋以外，只剩下了醫生最重要的筆記本而已。筆記本緊緊地用繩子繫著，掛在醫生的腰部。正如馬休·馬格所說的一樣，醫生是一個很偉大的人。

然後，我們慢慢地朝著南邊走，持續了三天的旅程。

我們唯一的弱點是無法抵擋寒冷。隨著木板船不斷地前進，天氣也愈來愈冷了。醫生說蜘蛛猴島被颱風吹走了，因此我們的船路要比以往更偏南才行。

到了第三天晚上，可憐的天堂鳥米蘭達幾乎好像快要凍死似地，一邊飛著，一邊看著前方，向醫生報告說，因爲今天有霧氣，因此晚上看不清楚，到第二天早上時，也許就快接近島了。米蘭達說，牠必須儘快回到溫暖的地方才行，要像往年一樣，在明年八月份時才到帕德爾比的去見我們。

「不要忘了，米蘭達。」杜立德醫生說道：「如果你聽到有關龍格·亞洛的消息，要立刻通知我哦！」

天堂鳥答應了醫生。

醫生頻頻地向米蘭達爲我們所做的一切道謝。米蘭達要我們多保重，便消失在黑暗中了。

我們希望目的地蜘蛛猴島能儘早映入眼簾中，因此天空尚未發白，便已經起身了。後來，太陽漸漸地爬昇，東邊的天空出現光線時，山峰與椰子樹隱約可見，首先放聲大叫的，當然是年紀老大不小的波里尼西亞。

隨著四周的光線愈來愈強，終於可以清楚地看見島了。那是一個很長的島，正中央有一個很高的岩石，這島已經近在咫尺，連帽子都可以扔到岸上去了。

海豚最後的一推，使我們的船靜靜地擱在淺灘上。長時間來蜷起的腳終於可以伸直了，大家都感到很高興，很快地奔向陸地。雖然這只是一個漂流島，但是這卻是我們六個星期以來，初次踏上的土地。

當時，我漫不經心地用鉛筆點在地圖上的小點——蜘蛛猴島，現在就在我的腳下了！由於天色已經大亮，我們可以清晰地看到島上的椰子樹與雜草幾乎都枯萎了。醫生說：「可能這島很難適應新的氣候吧！」醫生告訴我們，這些草木適於生長在熱帶地方。

海豚們詢問醫生還有沒有其他的事情，醫生對牠們說再也沒有其他事情了，而船板也不再需要了。也許是因爲難耐長時間的漂流之故，所以船板已經破裂了。

當我們正準備要去島的內地探險時，美國印第安族群以充滿了好奇的眼光從樹木間偷看著我們。醫生走到他們面前，和他們說話，但是語言並不通，因此醫生比手劃腳地試圖讓他們了解，我們要與他們和睦共處。但是，那些人卻很討厭我們手上拿著弓箭和石塊，用手勢和動作告訴我們，如果我們再走近一步，就要殺了我們，以這種方式在威脅醫生。看來這島上的人似乎要我們趕快離開這個島，眞是讓人覺得很不舒服。

醫生很有耐心地讓他們了解到，我們好不容易才發現這個島，而且我們很快就要出發了。但是，沒有可以乘坐的船，要如何離開這個島呢？我實在是難以想像。當島上的人正在商量時，另一個人跑了過來，好像是在叫島上的人回去。島上的人做出恐嚇我們的手勢，然後就和先前來的人一起走了。

「眞是無禮的傢伙！」班波說道：「怎麼做出這麼失禮的事情呢？也不問我們吃過早餐了沒有，眞是笨蛋！」

「噓！那些人好像回到部落裡去了。」波里尼西亞說道：「部落一定是在山的那一邊。醫生，如果你願意聽我所說的，那麼在島上的人回去時，我們趕緊從這海岸逃走吧！——等到他們知道我們不會做壞事時，自然就願意和我們親近了。這些人非常老實，每個人臉上都沒有惡意，看起來很好相處，只是沒有知識罷了！——也許，他們從來沒有見過外國人吧！」

我們對於初次的見面有點失望，朝著島正中央的山走去了。

第六章、獨角仙甲比茲里

我們在山丘下發現了森林。森林中長滿了樹木，枝葉茂密，但是並不難通過。不過，我們遵從波里尼西亞的意見，為了不見到島上的人，因此避開所有的道路和小徑。

波里尼西亞和奇奇是很好的帶路者，牠們是優秀的森林探險家。牠們拼命地為我們找尋食物，不久以後，就找到了核桃與不知名的水果，而我們發現了從山上流下來的清澈小溪，能夠充分地補充水分。

我們沿著這條小溪，爬到較高的地方，攀爬險峻的巖石，爬到較高處時，可以看到對面的一片碧海，也能夠俯瞰島上的全景。

我們深受島上美麗的景色所吸引，突然醫生說道：

「噓！是甲比茲里！你們有沒有聽到呢？」

我們豎耳傾聽，空中傳來了令人感覺舒服，嗡嗡嗡像蜜蜂在飛的聲音。忽高忽低，好像有人在唱歌似地。

「除了獨角仙甲比茲里以外，再也沒有任何昆蟲能發出這樣的羽毛聲音。」醫生說道：「但是，到底在什麼地方呢？——聲音好像很近。——可能在樹叢中飛舞吧！啊！如果帶著捕蝶網就好了，爲什麼不把那網子一起綁在腰際呢？也許，那一場暴風雨就是我捕捉世界上最珍貴的獨角仙唯一的大好機會，就這樣溜走了。——啊！你看！在那兒飛著呢！」

大概只有七公分大的獨角仙，在我們眼前飛來飛去。醫生似乎覺得頭昏眼花似地，脫下了帽子，以帽爲網，捉住了獨角仙。捉住獨角仙的那一剎那，醫生幾乎要從山崖上滾到下面的岩石去了。但是，他並不在意這一點，用帽子壓住了甲比茲里，笑著趴在地上，從口袋裡拿出小小的玻璃盒，把帽子裡的獨角仙放在盒子裡面。然後，隔著玻璃看著新發現的寶物，像孩子般似地高興的站了起來。

這的確是難以言喻的美麗昆蟲，腹部是淡青色的，背部則有黑色的光，到處都可以看到紅色的斑點。

「昆蟲學家爲了得到像我現在所掌握的幸福，甚至會拋棄所有的財產。」醫生這麼說著。——「啊呀！啊呀！甲比茲里腳上好像黏著什麼東西，看起來不是呢！——是什麼東西呀？」醫生仔細地把獨角仙從盒子裡拿出來，用手指捏著牠的背部，獨角仙的六隻腳全都在空中舞動著。我們湊近去看，發現右邊前腳的中央捲著像枯葉一般的東西，用強韌的蜘蛛絲綁在那兒。

杜立德醫生用他那粗胖的手指，很有技巧地儘量避免弄傷珍貴的獨角仙，解開了蜘蛛絲，拿下了葉子，再把甲比茲里放入盒子裡。接著，醫生攤開葉子來檢查。

葉片內側畫著很多記號和圖，相信各位可以想像得到，我們在發現時有些驚訝吧！因爲記號和圖都太小了，如果要知道寫的是什麼的話，一定要用放大鏡。有的記號是我們所無法了解的，至於畫就非常清楚了，幾乎都是山或人類的形狀，全都是用不可思議的褐色墨水所畫出來的。

片刻，我們都沒有發出任何聲響，大家都覺得很不可思議地看著這葉子。

「好像是用血寫的。」醫生終於說道：「血乾了以後，就會變成這種顏色，可能是咬破了手指，用手指的血來畫這些畫。因爲以前沒有墨水，所以昔日大家都這麼做。——雖然有點不衛生，——但是既然把葉子綁在獨角仙的腳上，這不是很奇怪的事嗎？如果我能學會獨角仙的話就好了，那麼我就可以知道甲比茲里是從什麼地方把它帶來。」

「這是什麼？」我問道。——「有幾行小的繪畫和記號。醫生，你想是什麼呢？」

「是信啊！」醫生回答道。——「是用畫表示的信，把這些小小的畫拼湊在一起，就會成爲一封有內容的信了。——但是，爲什麼要把這個繫在獨角仙的腳上呢？爲什麼要讓世界上數目如此稀少的甲比茲里做這件事呢？——眞是讓人覺得奇怪……」

「這到底是什麼意思呀？人爬到山上去，人跑到洞穴中，山崩塌了——這些事情經常會發生的嘛！人含著手指、鐵棒——可能是牢籠的鐵棒吧！人在那兒祈禱，人在那兒睡覺了，好像生病了。——最後畫著山，而且是有奇妙形狀的山。」

醫生突然把臉從畫的信中抬起來，臉上露出彷彿了解什麼似的神情，微笑著說道：

「龍格・亞洛！」醫生叫道：「史塔賓茲，你不知道嗎？當然是這麼回事，能夠想到這件事的只有博物學家，讓獨角仙傳信，並且不是普通的獨角仙，這是博學家最想捉到的罕見的獨角仙來傳信，當然只有龍格・亞洛會想出這個法了。龍格・亞洛！這一定是龍格・亞洛寫的信。因為龍格・亞洛只會畫畫啊！」

「那麼！這信是要給誰的呢？」我問道。

「可能是給我的吧！也許是因為天堂鳥曾向龍格・亞洛提及，我會到這地方來。即使不是給我的，也一定是給捉住這隻獨角仙的人的信，也就是說這是給世界的信。」

「這到底是說些什麼呢？即使我們接到了信，恐怕也沒什麼作用吧！」

「不，當然不是這樣的。醫生說道：『你看，現在我已經了解他的意思了。最前面的畫，是很多的人爬到山裡面去，可能是龍格・亞洛和他的朋友。人走進山洞的這幅畫，可能是說他們為了蒐集苔蘚或藥草，而到山洞裡面去。山塌下來的畫，也就是說山崖掉落，封閉了洞穴。於是，龍格・亞洛和他的朋友為了把這消息送達外面的世界，必須藉助生物來傳達訊息。他們想，如果有人捉住獨角仙，可能會了解信的內容，這可以說是冒險的做法，但是這就像我們在溺水的時候，也會抓住稻草求生一樣。你看看接下來的畫，嘴巴含著手指，就表示他們的肚子餓了，祈禱就是希望有人發現了這封信，而救助他們。躺在那兒可能是生病或餓死的意思。史塔賓斯，這封信是求救的龍格·亞洛最後的呼聲。」

醫生在看完以後，連忙掏出筆記本來，把信夾在本子裡。醫生的手因爲過份慌亂，而不斷地顫抖。

「走吧！」醫生叫道。——「朝山上去！——大家一起去，絕對不要慢吞吞地。班波，拿著水和牛奶來。長時間被埋在土中，不知道情形如何了。希望還來得及……」

「不過，醫生，我們要到哪裡去找呢？」我們說道：「島這麼長，大概有一百公尺吧！米蘭達說，山就橫在中央呢！」

「你沒有看到最後的畫嗎？」醫生攤開帽子，把它戴在頭上，並且說道：「看起來好像老鷹的頭一樣，有著怪異形狀的山。如果龍格·亞洛還活著，——首先一定會爬上高峰，然後俯瞰全島。接著，再去找有老鷹頭形狀的山。——我們就能夠找到他了。現在，是我見到龍格·亞洛的最好機會，走吧！快走！如果再慢條斯理地，恐怕我就無法見到那位偉大的博物學家了！」

第七章、鷹頭山

這一天，我們拼命地工作。我敢說這是大家與生俱來，頭一次工作得這麼辛苦。有時候，我眞的是累得想要倒下了，但是我對自己說，不管發生任何事情，我絕對不要成爲第一個倒下的人——我以此勉勵自己。

我們歷經千辛萬苦地爬到高峰頂，發現了如信上所畫的那神奇的山，形狀眞的與鷹頭完全一樣。我們所發現的是島上第二高的山。

我們累得都想要休息了，但是醫生在發現那座山以後，並不讓我們休息。爲了知道方向，而看著太陽，再次下山，穿過草叢，渡過小溪，找尋數個捷徑，趕緊向前趕路。我想，醫生是我所知道的胖子中，健步如飛的山岳縱走選手。

我們儘可能追上醫生的腳步，跟在他身後。我們指的是我和班波王子，其他動物如狗兒吉普、猴子奇奇、鸚鵡波里尼西亞早就走在醫生的前面了——就好像競賽似地，大家不斷地朝前進。我們終於到達了目的地山的山腳下，發現山腰十分險峻。醫生說道：「大家分頭找洞穴吧！現在所在之地，將是我們的集合點。如果發現了岩石掉落，堵住的洞穴，就大聲地叫喊，好告知其他人。如果沒有任何的發現，大家在一個小時以後，在這裡集合。大家都明白了嗎？」

於是，我們各自朝不同的方向出發了。可能每個人都希望成爲第一位發現者吧！所以從來沒有這麼仔細謹愼地去找尋山上的洞穴。但是，遺憾的是，似乎沒有發現任何崩塌的洞穴，每一個人都拖著疲憊的身子與失望的心情回到了集合點。醫生非常憂鬱，而又顯得有點焦躁。但是，他並不放棄。

「吉普，」醫生說道：「難道你沒有聞到印第安人的氣味嗎？」

「沒有。」吉普回答道：「每一個在山上有裂縫的地方，我都聞過了。不過，醫生，很遺憾的是我的鼻子在這地方無法發揮作用，最糟糕的是蜘蛛猴島的氣味摻雜在空氣中，使得其他的氣味全都消失了。——而且，這裡的氣候又十分寒冷，空氣乾燥，所以很難聞得出來。」

「原來如此，也許是吧！」醫生說道。——「眞的是漸漸地變得冷起來了，可能這島又朝南方漂去了吧！已經不能再待在這兒了，沒有辦法找到水果和核桃。——我們找到的食物可能都已經吃光了吧！——奇奇，你怎麼樣？」

「不行啊！醫生。我爬遍了所有的山峰，任何窪地與裂縫處我也曾去找過，但是沒有看到有人躲藏的地方。」

「那麼，波里尼西亞呢？」醫生問道：「你有沒有找到任何線索呢？」

「醫生，我什麼都沒找到。醫生——不過，我有一個好主意。」

「噢，是嗎？」杜立德醫生重新振作精神，叫道：「你有什麼好的提議，你說吧！」
「醫生，你還帶著那隻獨角仙嗎？」波里尼西亞問道。——「你叫牠什麼比茲、比茲的，那隻可憐的蟲到底叫什麼名字呢？」
「對了，」醫生從口袋裡掏出玻璃盒，說道：「就在這兒。」
「那麼，你請聽著。」波里尼西亞說道：「如果真如醫生所想的，如果是真的——龍格·亞洛真是被埋在山崖崩塌處的話，可能獨角仙也曾待在那洞穴中。——和其他的許多獨角仙在一起，換句話說，不是亞洛把比茲比茲帶到洞穴裡去的。因爲根據醫生的說法，亞洛要找的不是獨角仙，而是植物吧？」
「是呀！」醫生回答道：「應該是這樣的。」
「那麼，獨角仙的家也好，洞穴也好，就在那裡面吧！就在龍格·亞洛和他的朋友被困住的山裡面啊！」
「對了，對了。」
「噢？那麼，就把獨角仙放開好了。——然後，我們一直看著牠，那麼就可以讓牠回到龍格·亞洛所在的洞穴中了。」波里尼西亞自信十足地摸著羽毛，這麼說道：「在這隻蟲不斷地飛舞，翻到土中之前，我們可以一直跟在牠的身後。總之，我們可以從這隻蟲的身上，找到龍格·亞洛的所在處。」

「可是，如果把牠從盒子裡放出來，也許牠會飛走。」醫生說道：「如果是這樣，一旦飛走了，我們也找不到人了。」

「牠飛或走都可以呀！」波里尼西亞胸有成竹地說道：「我是鸚鵡，當然可以飛得比比茲、比茲的要快囉，我保證絕對不會讓牠溜走的。如果牠在地面上爬上，那麼，醫生，你自己就跟著牠就好了。」

「眞是太好了！」醫生叫道：「波里尼西亞，你眞是太聰明了，立刻展開行動吧！」醫生仔細地打開玻璃蓋，用手指捉出了大的獨角仙。

「獨角仙，獨角仙，你飛回家裡去吧！」班波一邊唱著歌，一邊叫著：「你的家被燒掉了，你的孩子……」

「啊！住口。」波里尼西亞生氣地說道：「不要再說這些蠢話了，即使你不這麼說，他也會有回到家裡的智慧的。」

「但是，我這麼說，也許牠會跑得更快呀！」班波說道：「這傢伙可能不喜歡待在家裡，才會跑出來的，所以一定要鼓勵牠。我還想唱『可愛的家庭』給牠聽呢！」

「不可以，這麼一來，牠就不會回家了。你的嘴巴需要休養，趕快看緊這隻蟲吧！——還有，醫生，你也可以寫一封信綁在牠的腳上，讓龍格·亞洛知道我們正竭力地在尋找他。」

「那麼，我就寫封信吧！」醫生說著，立刻從附近的樹叢中找到了枯葉，在葉面上用鉛筆畫著小小的畫。

然後，醫生把寫好的郵件綁在那隻甲比茲里的腳上，當牠從醫生的手指上放到泥土上時，牠看看四周，然後邁開大步，用前腳抓一抓鼻子，朝著西邊開始移動了。

我們以爲獨角仙會爬上山去，但是牠卻繞著山打轉。你不知道獨角仙繞著山打轉的時間有多長呢？總之，是一段很長的時間，甚至有好幾次我們不禁在想著，這隻獨角仙有可能會在中途停止走路，而飛回去也說不定。到時候，就要讓波里尼西亞去追牠了。但是，獨角仙並沒有揮動翅膀，以後我並不知道和獨角仙一起慢吞吞地走路，對人類而言，是一件多麼痛苦的事。害怕牠消失在落葉下，因此必須擁有像鷹眼一般銳利的眼光。要我們慢條斯理地跟在牠後面，實在令我們感到焦躁。

當獨角仙停下了腳步，一邊觀賞景色，一邊抓著鼻子時，在我身後的波里尼西亞，用非常低級的水手所說的話，口出惡言地罵牠。獨角仙帶著我們繞了山一圈以後，又回到了原先的出發點，然後就一動也不動了。

「這是怎麼回事？」班波問波里尼西亞：「你認爲獨角仙的智慧如何呢？看來牠似乎不知道回去的路呢！」

「你這笨蛋安靜點好不好？」波里尼西亞叫道：「一整天被關在盒子裡，如果是你，你也會想要活動筋骨呀！可能牠家就在這附近吧！因此牠早晚會回去的。」

「但是，爲什麼呢？」我問道：「爲什麼牠要繞著整座山打轉呢？」

我們三個人展開熱烈的討論，但是在我們討論到一半時，醫生突然叫道：「你看！你看！」

獨角仙加快腳步，往山上爬去了。

「怎麼回事呀？」班波好像很疲倦似地坐在那兒問道：「難道獨角仙又爲了要運動而爬山了嗎？我在這裡等就好了。奇奇和波里尼西亞去跟著牠吧！」

獨角仙所攀爬的地方，並不是猴子或鳥能夠爬的地方，因爲那些地方像牆壁一樣地滑，並且非常陡峭險峻。

不久之後，甲比茲里停在我們頭上三公尺處，大家忍不住叫了出來。雖然我們一直目不轉睛地盯住牠，但是牠就像流入砂子的雨水一樣，在岩石表面消失了蹤影。

「不見了！」波里尼西亞叫道：「上面一定有洞穴。」飛在前面的波里尼西亞用鳥爪抓著岩石。

「眞是如此。」波里尼西亞看著下面叫道：「牠鑽進土裡面去了。洞穴就在整塊苔蘚的後面。——大小能夠塞進兩根手指。」

「眞是令人感到驚訝！」醫生說道：「這麼大塊的石板竟然從山頂掉下來，堵住了洞口。眞是可憐哪！在洞穴中，不知道會遭到多麼悲慘的下場呢？如果能帶著圓鍬或鏟子來就好了。」

「帶圓鍬或鏟子是沒有用的。」波里尼西亞說道：「你看，石板的大小高大約三十公尺，寬度比三十公尺更寬呢！想要搬動這石塊，恐怕需要一個軍團，並且需要一個星期的時間呢！」

「不知道有多厚呢？」醫生邊說著，邊從旁邊拿起一塊大石頭來，用力地丟向岩石上。這時，好像大鼓一般地發出咚咚的聲音。我們一動也不動地等待這聲音慢慢地消淡去。突然，每個人覺得背脊上發涼，因爲山中傳來了「咚、咚、咚」三聲的回響。

我們瞪大了眼睛，面面相覷，一句話也說不出來。醫生打斷了這短暫的沉默，說道：「啊呀！啊呀！眞是太好了！」醫生拍著胸口，說：「至少在洞裡還有人活著。」

第五部

D.Maclise, R.A.　　T.Lands

第一章、偉大的瞬間

接著，我們面臨的工作是一大難題。這麼大塊的石板，究竟要怎麼做，才能夠把它移開呢？看到聳立在頭上的岩石，以我們微弱的力量是無法發揮作用的。

但是，聽到洞穴中還有人活著的回應聲，又令我們大為振奮。我們試圖找尋是否還有其他的路可以通往洞穴，或是有沒有裂縫。奇奇攀爬到險峻的岩石上，從山腰處調查頂端的情況。我則看看有沒有隱藏在柔軟泥土後的樹根可以攀爬，而杜立德醫生則再次借用甲比茲里，利用枯葉畫新的畫，以便傳遞消息。波里尼西亞手中捉滿著核桃，好像要讓被關在裡面的人吃似地，塞入獨角仙的洞穴中。

「核桃非常有營養哦！」波里尼西亞似乎覺得理所當然地這麼說著。

然而，好像捉老鼠一般地拼命挖著大石頭根部的狗兒吉普，卻是使我們的工作獲得最後成功的人物。

「醫生，」吉普的鼻尖沾滿了泥土，跑到醫生面前叫著：「這石板只是豎立在柔軟的泥土上，沒有比這更簡單的挖掘工作了。如果從下面挖掘泥土，使石板稍微掉落下來，就可以讓印第安人從頂端爬出來。」

醫生連忙到吉普挖掘的地方去看。

「啊！眞是如此。」醫生說道：「從下面把土挖開的話，也許石板就能朝這方向倒。雖然有點冒險，但是可以試試看。」

在現場，可以使用的工具除了樹木和石頭以外，就沒有其他東西了。於是，大家就地取材，排成一列，有如六隻獾似地在那兒挖土。

不久之後，雖然氣候很寒冷，但是我們的額頭都沁出了汗水。過了一個小時，指揮者杜立德醫生說道：「如果發現石塊有鬆動的跡象，就要迅速地跳開。因爲石板一旦掉下來，任何人都會被壓得像煎餅一樣。」

片刻之後，聽到石頭與石頭碰撞的聲音。

「危險！」杜立德醫生叫道：「掉下來了！——快逃！」

我們用最大的力氣，以最快的速度跳到旁邊。大岩石朝著我們挖掘的凹洞，靜靜地下滑了三十公分左右。霎時，我感到非常失望。情形就像挖掘前一樣，根本看不到洞口。但是，往上看時，卻發現山岩的頂端慢慢地朝這一邊倒。在開始倒下時，裡面傳來了人類喜悅的叫聲。岩石的頂端漸漸地朝前面傾斜，終於發出了震撼整座山的巨大聲響。岩石撞裂到地面，分裂成兩半。

世界上罕見的兩位大博物學家，格爾丁·亞洛之子龍格·亞洛與「沼澤畔帕德爾比」的醫學博士約翰．杜立德醫生最初的會晤，到底是如何的情景，我該如何告訴各位呢？那已經是好幾年好幾年以前的事了，但是直到現在爲止，當時的光景與細節仍歷歷在目。只是我不知道該如何下筆，才能表達當時的情形。

擁有過許多偉大經驗的醫生，救出了印第安博物學家，這是他偉大的工作之一。由於我知道醫生非常重視這一次的會面，我覺得自己當時眞是雀躍不已！岩石震天價響地倒下時，我躲在陰暗處，看接下來要發生些什麼事了。

這時，六公尺長的微暗隧道終於開了一個大口，在入口的正中央處，一位身高約兩公尺的美男子腰邊繫著裝飾用的布，頭髮上插著一根老鷹羽毛。他因爲好幾天沒有受到陽光的沐浴，一時無法適應太陽光線，而把手遮在眼睛上。

「就是那個人。」醫生對我耳語道：「就是這麼高，而且下巴有傷痕，我絕對沒有看錯。」

醫生小心翼翼地走在倒下來的岩石上，向對方伸出手來。

那個人放下遮擋陽光的手，他的眼睛具有懾人的光芒，像鷹眼一般，但是非常溫柔。這個人好像銅像一樣地站立在那兒，靜靜地伸出右手來，握住醫生的手。這眞是偉大的瞬間。波里尼西亞很滿意地朝我點點頭，班波則感動地啜泣起來。

接著，醫生開始和龍格．亞格談話，但是這印第安人不諳英語，而醫生又不諳印第安語。但是，醫生卻可以用各種動物的話和亞洛交談。

「你好。」醫生用狗的話說著。「能夠見到你，眞是太高興了。」然後，用馬的話說著。「你被埋在裡面幾天了呢？」這一次是用鹿的話說的。但是，這印第安人似乎沒有聽懂，一動也不動地像棒子一樣地站在那兒。

醫生又使用其他動物的話來和對方交談，但是都沒有用。

最後，醫生使用老鷹所說的話。

「偉大的黑人，」醫生發出如鳥般淒厲的叫聲，用簡短的呻吟聲說著：「你平安無事，讓我覺得非常高興。」

龍格．亞洛如岩石一般毫無表情的臉，立刻露出爽朗的微笑，也以老鷹的話回道：「偉大的白人，謝謝你救了我，今後我願意成爲你的僕人，隨侍在你左右。」

後來，我們才知道龍格．亞洛會說的話只有老鷹的話而已，但是由於老鷹長久以來不在這島上，所以他已經有很長的一段時間不使用這話了。

杜立德醫生向班波打手勢，要他拿水和牛奶來，班波立即拿過來了。但是，龍格．亞洛不吃也不喝，道謝以後就拿到微暗的洞穴中，而我們則跟在他的身後走了進去。在洞穴中，看到了九位瘦弱、瀕臨死亡邊緣的九位印第安男女和小孩。

甚至有的人好像一命嗚呼似地閉著眼睛。醫生一一地檢查他們的心臟是否仍在跳動著。他們都還活著，但是有一名女子卻軟弱得沒力氣站起來。奇奇和波里尼西亞在醫生的吩咐下，爲了找尋更多的食物和水，而到森林裡去了。

龍格．亞洛把水和食物交給飢餓的同伴，突然洞穴外又傳來騷動聲。往外一看，發現入口處站著在海岸時相遇的可惡島上人群。

剛開始時，這些島上的人小心謹慎地窺視著洞中的一切，但是看到龍格．亞洛和他的朋友跟我們在一起時，很高興地拍著手，在那兒笑著跳著。

原來在洞穴中的九個人，是這些島民的家人，他們爲了幫助龍格．亞洛採集藥草，才爬上這座山來。大家都在找一種苔蘚（治療腹痛極爲有效，只生長在潮濕洞穴中的一種苔蘚）的時候，沒想到一塊大石頭掉了下來，堵在洞口。在這期間的兩個星期，他們仰賴食用洞穴中的苔蘚和喝岩壁流出來的水，才得以生存。住在島上的人以爲自己的親人都已經死了，心中哀慟欲絕，但是眼見他們倖存，感到既驚且喜，因此樂得手舞足蹈。

龍格．亞洛以當地的話告訴他們，救助他們的親人的就是這位白人。他們聚集到杜立德醫生的身邊，捶胸、拍手，不知道該說些什麼。

龍格．亞洛告訴醫生，這些人對於先前在海灘對醫生做出不禮貌的行爲，感到非常後悔，正在那兒道歉呢！

島上的人以前從來沒有見過外國人，再加上看到醫生會和海豚說話，感到非常害怕，認爲醫生是惡魔，所以才會對醫生做出無禮的事來。

然後，島上的人走到外面上，在我們弄倒的大石四周不斷地繞著，用手指著正中央的破裂處，驚訝地交換意見，不知道我們是使用什麼方法，使石頭倒下來。

後來，根據到蜘蛛猴島去旅行回來的人的說法，這塊大石頭已經成爲島上的名勝古蹟之一。嚮導在引領觀光客看這石頭時，都會訴說其來歷。根據他們的說法是——當醫生知道友人龍格．亞洛被困在岩洞內時，他非常生氣，於是徒手把岩石剖成兩半，救出龍格．亞洛。

第二章、漂流島上的人

後來，島上的人對待我們的態度完全轉變。他們為了慶祝家人的生還，並為了招待我們而召開宴會。而且用樹枝做成擔架，大家一起把生病的女子送下山來。中途，島上的人告訴龍格．亞洛一項噩耗。龍格．亞洛在知道這不幸的消息以後，臉上露出憂鬱的表情。醫生前去詢問龍格．亞洛時，才知道八十高齡的酋長已經在今天早上去世了。

「這我知道。」波里尼西亞說道：「當我們到達海岸時，有人把島上的人叫回去，大概就是因為這緣故吧！」

「到底是怎麼死的？」醫生問道。

「是罹患感冒而死的。」龍格．亞洛說道。

由於太陽已經逐漸西沉，我們開始因為寒冷而發抖了。

「這是很嚴重的問題。」醫生對我說道：「島隨著流向南的潮流漸漸地被推往南邊，明天我必須要好好地調查這問題。如果實在不得已，只好讓島上的人乘坐獨木舟，逃離這島。也許會遇到船難，但是總比在南極的大浮冰中凍死要好。」

然後，我們來到了山丘上，向遠處望去，可以看到村落。——在海岸附近，可以看到許多用草搭建的小屋，還有各色的圖騰柱（村中的人彷造動物或植物形狀，作成用來祭祀用的柱子）。

「眞是藝術品啊！」醫生叫道：「好一個偉大的地方，那是什麼村子呀？」

「波普西培提爾。」龍格．亞洛說道：「這名字同時也是種族的名稱。印第安語也就是『活動島的人們』的意思。這島上住著兩種種族的印第安人，住在這一邊的是波普西培提爾族，住在對面的則是巴格．加格迪拉格族。」

「這兩種種族以哪一邊的人較多呢？」

「巴格．加格迪拉格族的人較多，這城鎭有十公里，但是……」這時，龍格．亞洛美麗俊秀的臉龐上佈滿了烏雲，說道：「我認爲一百個巴格．加格迪拉格族的人，也比不上一個波普西培提爾族的人。」

我們救出這些存活的人的消息，似乎已經傳遍了各地，因爲島上的人爲了迎接以爲再也見不到的親友，而陸陸續續地走了出來。

這些善良的人聽說是漂流到海岸的陌生外國人搭救了他們的親友時，全都圍著醫生，或是向他握手，或趨前擁抱著他。然後，把醫生扛在他們強壯的肩膀上，走向山丘，朝著村落前進。

我們從來沒有被這麼熱情地歡迎過，因此我覺得很稀奇。雖然深夜時十分寒冷，可是擠滿家中的人大約有數百人，他們都走了出來。這麼小的一個村落，居然住了這麼多人，這令我感到十分意外。村人在那兒笑著，互相點頭，揮舞著手，包圍著我們。他們從龍格・亞洛那裡知道了我們所做的事的詳細始末，大家都用歌唱一般的聲音在持續叫著。我想，這可能是稱讚的話或感謝的話吧！

我們被邀請到已經打掃得一塵不染，充滿樹木香味，新建好的草屋裡。他們告訴我們，這是我們的宿舍，而六名強壯的少年也供我們差遣，作爲僕人。

我們在來到這兒的中途，通過附近的大街時，注意到有一間比其他住家都更大的房子。龍格・亞洛指著那間房子說道：「那是酋長的家，現在是空著的，因爲還沒有選出新的酋長來取代逝世的酋長。」他這麼對我們說。

在我們的新家，已經準備好了魚和水果等美味的食品。在我們到達以前，島上的主要人物已經端坐在餐桌前等我們了。

我們因爲肚子很餓，所以很高興地坐在招待席上。但是，在知道魚沒有烹調過以後，我們感到大失所望，島上的人卻似乎一點也不以爲意，雖然是生魚，吃起來卻彷彿很美味的樣子。

杜立德醫生有點靦腆地對龍格・亞洛說，如果島上的人不反對的話，他希望是不是能把魚稍加烹調一下。

然而，通曉自然科學的偉大學者龍格・亞洛，竟然不知道「烹調」是什麼意思。

我們的驚訝，想必各位也可以想像得到吧！

正好坐在杜立德醫生和我之間的波里尼西亞，這時拉拉醫生的袖子。

「醫生，實際情形是這樣的。」波里尼西亞附在醫生的耳邊說道：「這些人並沒有火，當然不知道使用火的方法。你看看外面，四周一片黑暗，整個村子都見不到光亮，他們是沒有火的人種。」

第三章、使用火

於是，醫生在鹿布製的桌上畫著畫，詢問龍格．亞洛是否知道關於火的事情。龍格．亞洛說，曾看見這東西從火山頂上冒出來過，但是該怎麼製造，他本身和波普西培提爾族的人卻沒有一個人知道。

「眞是可憐的異教徒！」班波叫道：「因此，年邁的酋長才會因寒冷而死。」

就在這時，門口傳來了哭泣聲。一看，原來是揹著嬰兒的女子在哭泣。這個女子用我們聽不懂的印第安語和島上的人說話。龍格．亞洛說，這個女子的嬰兒生病了，希望杜立德醫生爲他診治。

「啊呀！啊呀！」波里尼西亞在我耳邊嘆息著說道：「在吃晚餐的時候又有患者來，這和在帕德爾比時的情況相同。但是，這還沒關係，反正這些食物是生的，也不必擔心會涼了。」

醫生在診察嬰兒以後，知道嬰兒因爲受凍，即將瀕臨死亡。

「火，火！這孩子需要用火。」醫生看著龍格．亞洛。

「你們也需要。如果不趕緊取暖，這孩子會罹患肺炎。」

「哦！原來如此。可是，如何製造火呢？」龍格．亞洛問道：「要從哪裡拿來呢？這似乎很困難。這島的火山全都是死火山呢！」

於是，我們找尋口袋中的火柴，終於發現了兩根火柴，但是都已經被海水打濕，而且也沒有火柴頭了。

「啊呀！龍格．亞洛，」醫生說道：「即使不用火柴，也可以生火，例如：利用強度的玻璃和太陽光線，可以生起火來。但是，現在太陽已經下山了，所以不能採用這方法。還有另一個方法，那就是在柔軟的圓木中，摩擦硬棒的方法。那裡是不是還很亮呢？不，已經很暗了。那麼，只好等到明天了。除了兩種樹木以外，還需要舊的松鼠窩作爲火種。但是，現在沒有燈，要到森林裡去也是很困難的事。」

「你眞是聰明又能幹啊！」龍格．亞洛說道：「但是，你對我們的認識不夠深，難道你不知道沒有火的人種在黑暗中看得很清楚嗎？趕快派人去找，在一個小時以內，就能把松鼠窩帶到你這兒來了。」

龍格．亞洛命令兩名少年前去辦事，他們立刻就跑出去了。片刻以後，就拿著硬木和軟木，還有松鼠窩來到我們的門口。

由於月亮還沒有上昇，家中黑漆漆地。但是，島上的人卻像在白天時一樣，自由自在地活動著。我們終於了解到，他們在黑暗中的確能看得很清楚。醫生必須憑著感覺，才能進行製造火的工作。有時候，醫生會忘記工具放在哪裡，而這就要仰賴島民和龍格．亞洛了。後來，我也有了奇妙的發現，那就是我的眼睛在黑暗中，也能夠看得很清楚了。現在，我發現只要把門打開，頭頂上有天空時，就不會覺得四周眞的那麼黑暗了。

向別人借來了弓。杜立德醫生拿下了弓繩，捲起硬棒，將硬棒插在軟木中，不斷地轉著，摩擦著。不久之後，軟木發出了燒焦的味道。醫生叫我把松鼠窩內部的部分抵住燒焦的部分，不斷地吹著。醫生則很快地不斷地轉動著棒子，漸漸地煙愈來愈濃了，四周變得一切明亮，松鼠窩終於燃燒起來了。

島上的人驚訝地發出了嘆息聲。他們全都跪在地上，向火膜拜。然後，好像要空手去捉火，把它當玩具一般，好奇地研究著。我們知道必須要教他們處理火的方法。於是，我們把樹枝架在火上，再把魚放在上面燒烤，他們興趣盎然地看著。這是自有歷史以來，烤魚的味道初次瀰漫在波普西培提爾村，他們似乎覺得很美味似地，聞著這味道。

我們要島上的人拿很多的枯木來，然後在大街的正中央燃燒起很大的營火。大家察覺到四周都變得很溫暖了，於是都聚集到這附近來取暖。

黑暗的夜空下，火焰發出滋、滋的聲響，熊熊地在燃燒著，島上的人團團地圍著火堆，如銅般的臉頰，白皙的牙齒，發亮的眼睛裡映照著火光，他們就像學校裡的學童一般，笑著鬧著，互相推擠著。

杜立德醫生待島上的人習慣用火以後，在屋頂挖個洞，使煙可以從洞中散出去，這時就可以把火帶到家中去了。在我們結束了第一天的疲倦旅程時，當我們就寢的時候，村裡家家戶戶都可以看到火。

可憐的人們終於得以取暖，相信他們在喜悅之餘，夜裡會輾轉無法成眠吧！

一整個晚上，波普西培提爾的村民都在談論奇怪的白人的事情，以及這一群人所製造出來的偉大東西，也就是——「火」。

第四章、為什麼島會漂浮呢？

我們立刻發現到，和這一群波普西培提爾族人在一起時，要做任何事都一定要偷偷地進行。第二天早上，當醫生出現在門口時，島上的人已經在外面等待良久了，在醫生出現時，立刻包圍住他。然後，一直跟在醫生身後。自從醫生表演了鑽木取火的方法以後，這些好像孩子似的人們以爲醫生會變魔術，爲了要知道他是怎麼變魔術的，一直緊盯著他。

我們好不容易才躲開群衆，帶著龍格·亞洛到這島上去探險。

在島的內地，草木已經無法抵擋寒冷的侵襲，而動物們也感到非常痛苦。不論到哪裡去，都可以看到鳥冷得在發抖。牠們全都寒毛直豎，聚集在一起，打算飛到溫暖的國家去。另外，還有一些死在地上的鳥。陸地上的寄居蟹成群結隊地去找更好的場所，或是乾脆跳進海中。這時，看到遙遠的東南方，有一大片的冰山在浮動著。——南冰洋區域離此已經不遠了。

後來，看到我們所認識的海豚在波濤間泅泳著。醫生叫喚了牠們，海豚們朝著島的方向游了過來。

醫生詢問海豚，這裡距南極大陸還有多遠。

「大概一百五十公里吧！」牠們回答著，然後又問道：「爲什麼你會想要知道這件事呢？」

醫生回答道：「因爲這漂浮島已經順著潮流不斷地往南漂去。當然，這島是屬於熱帶地方的島嶼——非常酷熱，會中暑的地方。如果現在不設法使這島停止往南漂去，這島上所有的生物都會死去。」

「那麼，醫生，」海豚說道：「可以再把島帶到溫暖的地方去呀！」

「這話說得沒錯，可是該怎麼做呢？」醫生問道：「我沒有辦法把島推回去呀！」

「嗯……」海豚說道：「不過，如果是鯨魚，就可以推得動了。——如果有很多鯨魚的話。」

「這眞是好想法！——鯨魚，說得對呀！」醫生說道：「你能把牠們帶來嗎？」

「可以的。」海豚說：「我們看到鯨魚在冰山之間游泳，我們這就去請牠們到這兒來。如果不夠，再去找好了，但是應該有很多才對。」

「謝謝。」醫生說道：「你們眞是太親切了。——你們是否知道爲什麼這島會成爲漂浮島呢？至少，這島的一半是由石頭所形成的，但是爲什麼會漂浮，這實在很奇怪。」

「的確很奇怪。」海豚說道：「但是，理由很簡單，因爲這是從南美的山岳地帶分裂出來的一部分。遠在數千年前的冰河時代，就已經脫離了本土，而在掉落到海面的時候，內部空的部分充滿了空氣，眞正出現在海面的部分只有一點點而已，島的一半以上都沉在海中，而在島的下方正中央的部分，有完全通暢的大型岩石的空氣室。因此島會漂浮起來。」

「這眞是奇怪的景象啊！」班波說道。

「說得也是。」醫生說道：「必須要記錄在筆記本上。」於是，他掏出筆記本來。

海豚們立刻朝冰山的方向前進，不久之後，看到一大群的鯨魚朝我們這兒的方向過來，海面上掀起了巨波。

鯨魚的確是巨大的動物，大概有兩百隻吧！

「牠們來了。」海豚的從水面露出頭來，說道。

「謝謝。」醫生說道：「那麼，是否可以請你告訴牠們，希望牠們到這島的南端去，用鼻子頂著，把這島推到南巴西海岸附近。」

於是，海豚們按照醫生的吩咐，成功地說服了鯨魚們。不久之後，鯨魚們乘風破浪，前進至島的南側。

我們躺在海岸邊等待著。一個小時以後，醫生站了起來，將板子丟到海中。板子在短暫時間內，漂浮在海上，一動也不動。不久之後，就開始移動了，遠離了海岸，因此我們也了解到了。

「這眞是太好了！」醫生高興地說道：「這就表示蜘蛛猴島已經漸漸地朝北方前進了，這眞是太好了！」

我們把板子留在後頭，快速地前進著。露出在水平線上的冰山漸漸地成爲一個白點。最後，終於看不到了。

醫生拿出手錶來，然後又把板子丟到水裡，開始計算速度。

「哦！時速是十四．五海里。」醫生叫道：「速度真快呀！大概只需費時五天，就可以回到巴西附近了。這眞是太美妙了！到時就可以卸下重擔了。我現在已經覺得有點溫暖了，找一找看有什麼東西可吃吧！」

第五章、戰爭

在回到村子的途中，杜立德醫生和博物學家龍格．亞洛討論博物學。當他們正在談論關於植物的話題時，島上的人朝我們這兒跑了過來。

龍格．亞洛詢問島上的人到底發生了什麼事情，然後用老鷹的話向醫生解釋。

「偉大的白人，和平的波普西培提爾發生了一起事件。南邊的大盜賊──巴格．加格迪拉格族看到我們的穀物即將收成，便來攻擊我們了。」

「眞是大壞蛋。」杜立德醫生說道：「但是，是否有更妥當的做法呢？可能巴格．加格迪拉格族還來不及收割，穀物就被凍壞了，使他們因爲沒有食物而飽受飢餓。他們是不是在比這裡更冷的地方呢？」

「巴格．加格迪拉格的居民是不必原諒他們的。」龍格．亞洛搖搖頭說道：「他們都是一些不肯耕耘的人，自己不工作，卻想要去掠奪別人的收成。他們所以敢和勇敢的波普西培提爾族戰爭，是因爲仗著人多，而想要摧毀波普西培提爾族。」

我們到了村子時，村子已經引起了很大的騷動。男子們都在準備弓箭，而女子們則在村落四周建築高高的竹牆。斥候和傳令兵來來回回地報告敵人的動態。村中的樹木和山丘上，也有很多人在觀察前方的情形。

龍格．亞洛帶著一個身材矮小，但是很強壯的印第安人過來。這名男子名叫大牙，是波普西培提爾的勇士。

醫生問他們，是否可以派人到敵人那裡去，不需要作戰，就可以和平地解決這問題。醫生說，戰爭是非常愚蠢的事。但是，兩個人都搖搖頭。「這是沒有用的，」兩個人同時說道：「在此之前，我們都派遣使者前去，希望能和平地解決，但是使者都被殺了。」

醫生詢問大牙，應該要如何防禦敵人的攻擊時，負責偵察的人突然大聲叫道：「敵人來了！巴格．加格迪拉格的大軍下山來了！」

「很好。」醫生說道：「我很討厭戰爭，但是在村子遭到攻擊時，我也必須要採取防衛手段才行。」

於是，撿起地面上的棒子，估計其重量。

「這是很適合我的武器。」然後，醫生朝竹牆走去，加入其他男子的群中。

我們爲了幫助波普西培提爾族，也各自拿著武器。我在借來的箭筒中裝滿了箭，同時也借來了弓。吉普只要有牠那銳利的牙齒就足夠了。奇奇在袋子裡裝滿了石頭，爬上椰子樹，準備用石頭丟擲敵人的頭。班波跟著醫生走到竹牆處，一隻手拿著木棒，一隻手拿著門柱。

我們在發現敵人時，嚇得喘不過氣來。後來，整個山丘上似乎都佈滿了敵人，好像幾千幾萬大軍似地，而這一邊的軍隊眞的是不堪一擊。

「啊！神哪！」波里尼西亞叫著：「這麼少的人如何能抵抗那麼大的軍隊呢？沒辦法，只好去找援軍了。」

我並不知道到底他去哪裡找援軍，但是在班波離開以後，吉普爲了看清楚敵人，鼻子露出了竹籬間，說道：

「波里尼西亞去找黑鸚鵡了，不知道是否來得及。你看那些從岩石山上下來的壞蛋，有好幾萬人呢！這一場戰爭會很可怕。」

在短短的十五分鐘內，整個村莊已經被瘋狂的巴格．加格迪拉格族所包圍了。

老實說，我在寫這航海記時，再回想當時到底發生了什麼事，自己也覺得思緒十分混亂，無法記起到底發生了哪一些事。如果「可怕的三人」——這是後來留在波普西培提爾歷史上的龍格．亞洛、班波，以及醫生三個人的稱呼——沒有這三個人的話，戰爭一定很快就結束，整個島都會落入巴格．加格迪拉格之手了。但是，這三個人組成一連隊，使整個村落維持不墜的局面。

在慌忙中才做好的包圍整個村子的竹籬笆，當然並不堅固。因此，敵人在一開始時，朝著竹籬笆衝過來的那一剎那，竹籬笆就毀壞了。這時，醫生、龍格．亞洛和班波立即跑到竹籬笆被毀壞的地方，展開了白熱化的戰爭，趕走了敵人。但是，又有其他地方的竹籬被搗毀了，傳來了喊叫嘶殺聲，於是三個人又奔往該處去支援。

波普西培提爾的人全都是偉大的勇士。但是，從來沒有看過三個人一起揮舞棍棒的力量，使大家都覺得很驚訝。

過了幾個星期以後，有一天晚上，當我通過印第安人燃燒營火的地方時，聽到了這樣的歌曲。現在，這歌曲已經成爲流傳於波普西培提爾的民謠了。

三勇士之歌

啊！請聽「三勇士」之歌。
在海邊山崖上作戰的三個人，
像蝗蟲過境般的巴格·加格迪拉格族，
從山上，從岩石上，從山崖上下來；
圍繞村落的籬笆被踏平，
啊！難道就此陷入絕境了嗎？
城鎮和村民都陷於苦難中！
但是，上天救助我們，
爲村莊送來了「三勇士」。

一位是皮膚黝黑——像夜般漆黑，
一位是皮膚發紅，像山一般高大的童子。
另一位大將是白人，像蜜蜂一般圓滾滾地。
排成一列的「三勇士」。
並肩作戰，
像阿修羅一樣地攻擊敵人。
像牆壁一樣一排成一列。
一次的攻擊，能使六名敵人倒下。
啊！紅色強壯，黑色偉大。
巴格・加格迪拉格族人害怕得倉皇而逃。
但是，讓敵人害怕的卻是白人。
將敵人一個一個地嘭嘭丟入高空。
在很久很久以後，每當談到紅、黑、白的故事時，
夜裡哭泣的孩子也會沉默。
直到後來，大家一直傳誦的「三勇士」之歌，
訴說著在海邊崖上作戰的三個人的功績。

第六章、波里尼西亞將軍

但是，令人感到悲傷的是不論這三個人多麼強壯，面對這排山倒海的敵人，也無法一直作戰不止。敵人在破壞竹籬笆處進行可怕的戰爭，我看到龍格．亞洛高大的身影在搖晃著，好像是因爲胸口被刺中而倒下了。

接下來的三十分鐘，班波和醫生並肩作戰。究竟他們在過了多久以後，才精疲力竭，我不得而知。總之，他們是一秒鐘也沒休息，不休不止地作戰著。

那看起來安靜、親切而又慈祥的矮小醫生，這醫生在這一天叫得比任何人都大聲，不斷地奮戰。如果當時有任何認識他的人看到他，都會不相信那就是他們所認識的醫生。

班波瞪大了眼睛，露出了牙齒，好像眞正的鬼一樣。沒有一個人敢接近班波揮舞的門柱附近，但是敵人丟擲的石塊命中班波額頭正中央。這時，「三人」當中，有兩人倒下，剩下約翰．杜立德醫生獨自作戰。

我和吉普跑到醫生那兒去，打算代替倒下的兩個人發揮一點作用。但是，我們太小，力量太弱，根本無法發揮任何作用。這時，別處的竹籬又被攻破，巴格．加格迪拉格族人好像潮水一樣地湧了進來。

「乘坐獨木舟！跑到海上去！」波普西培提爾人叫道：「趕快逃吧！反正我們不敵了！我們已經輸了！」

但是，醫生和我卻無暇逃命，我們被攻進來的敵人絆倒了腳，躺在地上，無法站起身來。我覺得我們可能會被踐踏而死。

但是，在這時候，除了戰爭的咆哮聲以外，還響起了人類從來沒有聽過的可怕聲音。那是好幾百萬的鸚鵡憤怒狂叫的聲響。

波里尼西亞爲了幫助我們去叫來的大批鸚鵡軍隊，適時地趕來了。因此，西邊的天空變得一片黑暗。事後詢問波里尼西亞到底帶了幾隻鸚鵡來時，牠說牠也不太清楚，大約有六千萬隻至七千萬隻吧！眞是難以想像波里尼西亞能在這麼短暫的時間內，把這麼多的鸚鵡從南美本土帶到這兒來。

如果大家聽過憤怒的鸚鵡尖銳的叫聲，就會知道有多可怕了。而且，被鸚鵡咬過的人，或被鸚鵡捉到的人，也可以想像得到那種疼痛。

黑色的鸚鵡們（擁有紅色的鳥嘴，翅膀和尾巴有一條紅色的線，除此以外，全身好像煤炭似地一片漆黑。）在波里尼西亞的命令下，出其不意地攻擊跑到村莊來搶奪糧食的巴格·加格迪拉格族。

黑鸚鵡們的戰法實在奇特，三、四隻鸚鵡一起飛到敵人的頭上，好像撕車票一樣地開始啄他們的耳朵，而鸚鵡們除了耳朵以外，不會去啄其他地方。拜波里尼西亞之賜，我們在這場戰爭中獲勝了。巴格．加格迪拉格族發出悲慘的叫喊聲，從村中落荒而逃，有的人則倒下來，跌在一起，也無法趕走在頭上的鸚鵡，因爲除了在頭上的鸚鵡以外，還有四隻鸚鵡伺機而動，很快地就會飛撲過來。

當然，有一些幸運的敵人也許被啄了一、兩下，就逃到牆外去了。一旦逃到牆外，鸚鵡就會放開他們，但是大多數的人在鸚鵡還沒有放開以前，耳朵就已經被撕裂了。這看起來很奇怪，雖然疼痛的傷口痊癒的時間並不會太長，但是這傷口在往後的日子裡，卻成爲巴格．加格迪拉格族的象徵。這象徵證明他們曾經參加這一次的大戰。

因此，巴格．加格迪拉格族年輕美麗的婦女，都希望和有鋸齒狀耳朵的男子散步。當然，有一些科學家並不知道，這種族因此而被其他印第安人稱爲「鋸齒狀耳朵的巴格．加格迪拉格族」。

當村落裡不再看到敵人時，醫生開始爲負傷者裹傷。

雖然進行過長時間激烈的戰鬥，重傷者卻非常少。最可憐的是龍格．亞洛受了重傷，但是當醫生爲他清洗傷口，把他放在床上躺著時，龍格．亞洛張開了眼睛，似乎覺得有點好了。班波也只是昏倒了而已！

醫生在忙完這些工作以後，把波里尼西亞叫來，吩咐牠叫黑鸚鵡把敵人完全趕出村落，並且夜晚要負責守衛。

在波里尼西亞下達命令以後，數千萬隻黑鸚鵡變成了一隻鳥似地，張著紅色的鳥嘴，一起發出了尖銳的叫聲。

這一次，巴格．加格迪拉格族的人不必再等鸚鵡去啄他們，就連滾帶爬地越過山逃走了。波里尼西亞和一大群戰勝的黑鸚鵡就像一大片烏雲似地，籠罩過來。醫生撿起在戰爭中掉落的帽子，仔細地拍掉灰塵，戴在頭上。

「明天，」醫生握住拳頭，對著山的那一邊說道：「要締結談和條約，到巴格．加格迪拉格市簽約。」

當醫生這麼說時，波普西培提爾族人發出勝利的吼叫聲，作爲回應。戰爭就這麼結束了。

第七章、鸚鵡講和條約

第二天，我們朝島的前端前進，經歷二十五個小時的船程——我們是划獨木舟前去的——到達了巴格．加格迪拉格市。不過，多餘的人先讓他們回去了。

我是在這一次的戰爭中，初次見到醫生發脾氣。醫生一旦生氣以後，就無法停止生氣。醫生朝著海岸前進時，想到這些懶惰鬼不肯耕耘，反而要去搶奪波普西培提爾族的穀物，而展開攻擊行動，因此不斷地咒罵巴格．加格迪拉格族。

所以，到了巴格．加格迪拉格市時，他還是非常生氣。

龍格．亞洛並沒有一起來，因爲他的傷還沒好。但是，堪稱語言天才的醫生，在這時候已經學會印第安話了。而且，隨行的划著獨木舟的六位波普西培提爾居民中，至少其中的一名男子會說一些英文。醫生和這名少年學會說巴格．加格迪拉格族的話。巴格．加格迪拉格市附近，山上一片漆黑，原來是一群可怕的鸚鵡大軍駐守在那裡，只要一聲令下，大家就會展開攻擊。因此，即使是巴格．加格迪拉格市的人，也覺得今天是可怕的一天。

我們下了獨木舟，經由大路走到酋長的住宅去。身材矮小，圓滾滾的醫生，臉含怒意，抬頭挺胸地走在我們前面。這時，站在路旁的巴格·加格迪拉格的居民們，全都低下頭來，向他行禮。我和班波看到這種情形，感到非常高興，眞想笑出來。

來到入口的樓梯下，巴格·加格迪拉格的酋長以下的主要人物全都面帶微笑，伸出手來等待醫生，但是醫生卻佯裝不知，很快地通過他們面前，走上樓梯。來到了門口時，轉了個身，很快地大聲發表演說。

我以前從來未曾聽過這樣的演說，相信巴格·加格迪拉格族的人也沒有聽過。剛開始時，醫生拼命地咒罵巴格·加格迪拉格族的人，說他們是懶惰鬼，是盜賊，是流氓，只會欺侮弱小，另外還咒罵了很多的話。然後，醫生說這一片快樂的土地不需要這些懶惰鬼，打算再度下令鸚鵡們展開攻擊，把他們趕到海中去。

巴格·加格迪拉格族的人都請醫生饒過他們，酋長一行跪了下來，決定答應講和的條件。於是，醫生呼喚記錄員過來。所謂的記錄員，就是會利用繪畫代替文字的人。於是，在巴格·加格迪拉格酋長住所的牆壁上，畫下講和條約。這和平條約稱爲「鸚鵡講和條約」。這條約和其他條約不同，至今仍被他們嚴守著。

這條約是用畫畫下來的，所以非常長。在正面的牆壁，一半都已經畫滿了，共用了五十壺油漆。記錄員畫完以後，臉上露出了疲態。主要的條約是明訂不可以再發動戰爭，兩種種族在其中的一方發生饑饉事件或其他痛苦的事端時，必須要互相幫助。

這使得巴格．加格迪拉格族人感到非常驚訝。剛開始時，他們看到醫生發怒的臉龐，認爲至少會有兩百個人被砍頭。而且，認爲苟且偷生而活下來的人，恐怕一生都會成爲奴隸。

可是，後來知道醫生會爲別人帶來幸福，於是這些人對醫生的恐懼感丕變爲尊敬之念。醫生在締結條約以後，走下樓梯，打算回波普西培提爾。送行的人全都跪在醫生的腳邊，叫道：「請留在我們這裡，大王。巴格．加格迪拉格的財富全都獻給您。我們所知道的山上的金礦、海底的珍珠全都獻給您，請和我們在一起。您所擁有的偉大智慧，能夠使我們榮耀，能夠使我們快樂和平地生活。」

醫生舉起手來，要大家保持沉默。

「巴格．加格迪拉格族人，我告訴你們，在你們沒有以身作則，成爲眞正的正直的人之前，沒有人會願意成爲你們的客人。一定要謹遵講和條約，自己要建立一個良好的政治，就能擁有榮耀。再見了！」

醫生說著，帶著我和班波與波普西培提爾人加快腳步，朝著獨木舟走去了。

第八章、巨石

後來，巴格．加格迪拉格族是眞心改過了。恐怕能令巴格．加格迪拉格族如此震撼心弦，這也是醫生始料未及的吧！實際上，當醫生站在樓梯上演說時，對蜘蛛猴島的印第安人產生了富正面的影響，這也是醫生的豐功偉業之一。

當我們要回到船上時，一位生病的少女被帶到醫生這兒來。這少女只不過是生了一點小病而已，醫生立即爲她治療，因此醫生的名聲扶搖直上。醫生坐上獨木舟以後，周圍的人都哭了起來，就好像醫生要遠渡海洋，到遙遠神祕的國度去，不會再回來了。

當我們把船推出去時，對方的兩、三位代表來到波普西培提爾人的身邊，說了一些話。我並不知道他們在說些什麼，不過巴格．加格迪拉格族所乘坐的幾艘獨木舟，在我們到達波普西培提爾之前，一直都恭恭敬敬地跟在我們後面，陪著我們。

醫生沿著相反側的海岸邊回去，因此能把這島的海岸盡收眼底。

出發後不久，看到海邊有許多像肥皂一般的白色泡泡。走近一看，原來是我們的朋友鯨魚在把島推向北邊，牠們似乎很費力地用鼻子推著島的一端。我們因爲戰爭，幾乎忘了鯨魚的存在。

我們看到鯨魚用強而有力的尾巴在撥弄海水，把島不斷地向前推，並且我們也感覺到不再像先前那麼寒冷了。我們加速船行駛的速度，儘量不離開漂浮島，發現島上的樹木都恢復了生氣。蜘蛛猴島再次往適合島上氣候的方向前進了。

中途，我們爲了到島的中央探險，曾經上岸。印第安人也跟著我們一起爬上了山，這些山都非常高而又險峻，有一邊緊鄰著海，是峭壁。當地人稱之爲「耳語岩」，並且帶我們去看。

這眞是罕見的風景。山中有一設施，如演技場一般，正中央有一如平台般突起的岩石，上面放著一張象牙椅子。周圍的山做成有如階梯與劇場的椅子狀，形成一階一階的石階。

但是，只有一個地方是面海而敞開著的。那就像巨人們的會場或音樂場一般，在正中央的岩石台上，有演奏者用的舞台或演講者用的講臺。

當醫生詢問嚮導，爲什麼這岩石被稱爲「耳語岩」時——

「您走到當中去，自然就能夠了解了。」這是他的答覆。

這底部就像個大碗一樣，看起來好像深數千公尺，並且非常寬廣。我們沿著岩石走了下去，這時嚮導對我們說，不論雙方距離多遠，只要在這廣場稍作耳語，在這劇場裡的人全都能夠聽到。醫生說，這是迴蕩在高原之間的回聲所造成的效果。

嚮導說，當蜘蛛猴島還是波普西培提爾族的領土時，國王的即位典禮在此舉行，在台上的象牙椅子就是昔日的王位。這劇場非常寬廣，因此島上的居民可以坐著觀賞即位典禮。

嚮導們用手指著遠處火山的噴火口——島中最高山頂上的石頭，爲我們說明。這石頭會搖動，好像是用我們的手把它推下來一樣。嚮導說，根據傳聞，波普西培提爾族最偉大的國王坐在這椅子上時，石頭就會從噴火口滾下來，掉在地球的正中央。

醫生說，想要走近些去調查一下。

於是，我們爬到火山的噴火口（到那兒爲止，只花了半天的時間）看一看，發現那石頭非常巨大，就像一間大寺廟那麼大。在其下方，看到深不見底的黑暗洞穴。醫生說，「火山就是在山頂上，由這洞穴噴出火來，這島上全都是死火山。」

「史塔賓斯，」醫生看著高高聳立的石頭，對我說：「如果這石頭掉到洞穴裡，會發生什麼事情呢？」

「我不知道，」我說道：「會怎麼樣呢？」

「海豚曾經說過，在這島的中央有很大的空氣室呢！」

「我記得。」

「那麼，如果這石頭從噴火口掉下去，就會打破空氣室。一旦打破時，空氣噴了出來，漂浮島就不會再漂浮了，而會沉下去。」

「這麼說來，島上的人豈不全都要淹死了嗎？」班波叫道。

「不是這樣的，還要看沉落處的海的深度來決定。如果只下沉三十公尺，也許就能到達海

底。那麼，這島大部分還是露在水面上的。」

「原來如此。」班波說道：「我想應該也是如此。不過，一定要讓這石頭掉下來才行呀！我擔心這石頭不會掉到地球的中央，反而會掉到相反側去呢！」

在這島的中央，嚮導又引領我們看很多其他的東西。但現在我已經無法一一爲各位說明了。

當我們沿著海邊走時，發現巴格．加格迪拉格族人一直跟著我們，保護我們。我們再次來到海上時，巴格．加格迪拉格族的船比我們先朝波普西培提爾前進。他們的船比我們的船更輕，因此前進速度較快。當然，他們會先我們一步到達波普西培提爾村。

醫生非常掛念龍格．亞洛的傷勢，因此我們只好和他們換船。藉著月光，趁夜航行，在黎明時分，到達了波普西培提爾。但是，讓人感到驚訝的是，今天晚上村裡的人徹夜未眠，大部分的人都聚集在已逝酋長家四周。當我們的船到達時，波普西培提族的老年人全都走到門口，問他們到底發生了什麼事，他們說是徹夜討論新酋長人選的問題。班波詢問新酋長的名字，他們說還沒有公布，要等到正午才會公開發表。

醫生詢問龍格．亞洛的傷勢如何，在得知已經逐漸痊癒以後，醫生因而感到很安心，回到村子盡頭處我們的住家去。吃過早餐以後，略作休息。

我們在登陸這島以後，幾乎是不眠不休地進行活動，因此每個人都覺得非常疲倦。大家一躺下，就很快地進入夢鄉了。

第九章、選舉

我們聽到了音樂聲而醒了過來，這時耀眼的正午陽光從窗戶照射進屋子裡，外面似乎有樂隊在演奏。

起身後，朝外面一看，許多的波普西培提爾族人正包圍著我們的住處。在我們住處門口，經常會聚集了許多人，但是和今天的情況不太一樣。群衆們盛妝，戴著鮮艷的首飾，或飾以美麗的羽毛，就好像在參加豪華的宴會一樣。這些人唱著歌，吹著美麗的木笛，演奏皮鼓等樂器，看起來一副興高采烈的樣子。

在我們睡覺的時候，從巴格．加格迪拉格回來的鸚鵡波里尼西亞停在門柱上，看著這光景。我們問波里尼西亞，這是不是島上的人在舉行節慶的吵鬧聲。

「選舉的結果已經發表了。」波里尼西亞說道：「新酋長的名字在正午就要發表了。」

「新酋長到底是誰呀？」杜立德醫生問道。

「就是醫生你呀！」波里尼西亞靜靜地回答道。

「什麼？是我！」醫生很驚訝地說道：「我當選了?!」

「是的，」波里尼西亞說道：「醫生被選爲酋長。不僅如此，醫生的名字都改變了。杜立德這名字聽起來不像是偉大的人，因此他們把你的名字改爲強格．辛卡洛特，聽起來覺得怎麼樣？」

「可是，我不想當酋長啊！」醫生很生氣地說道。

「但是，要推辭恐怕會很困難哦！」波里尼西亞說：「看來，我們可能要從這兒逃走了。——而且，一旦醫生被選爲酋長，也會成爲國王哦！你會成爲蜘蛛猴島的國王，同時巴格．加格迪拉格族也希望醫生統治他們。他們知道醫生成爲波普西培提爾族的酋長以後，感到非常遺憾，認爲與其失去醫生，還不如成爲波普西培提爾族的一族，讓醫生成爲全島的國王，所以我看是很難逃走了。」

「唉呀！唉呀！」醫生叫道：「爲什麼他們這麼熱情呢？眞是煩人哪！我根本就不想當什麼國王。」

「我是這麼想的。」我說道：「能夠當國王，醫生應該很高興才對呀！如果我能夠當國王，那該多好！」

「我知道國王的稱呼很好聽，」醫生一邊穿著鞋子，一邊用有氣無力的聲音說道：「但是卻會很麻煩，因爲在成爲國王以後，你想做的事都不能做了。我有我的工作。到這島上來，幾乎都沒有研究博物學的時間，只是一直在幫別人工作。但是，現在大家卻要依賴我爲他們做這麼多的事情。不，成了國王以後，我就再也無法成爲博物學家了。有太多的雜事讓我忙碌。」

「但是，這也沒什麼不好啊！」班波說道：「我的父親就是國王，他有一百二十八個妻子呢！」

「這就更無聊了。」醫生說道：「一百二十倍的無聊。總而言之，我有我的工作，我不想當國王。」

「你看！」波里尼西亞說道：「有老年人前來告知醫生當選了，快綁好你的鞋帶吧！」

聚集在我們家的群衆讓出一條路來，這時有一群人來到了我們這裡，帶頭的男子臉上佈滿了皺紋，手裡拿著王冠。這王冠雕刻得非常精細，還著上色彩，上面插著兩根美麗的綠色羽毛。有八個強壯的年輕人跟在老人身後，拿著像椅子一樣，帶有長柄的東西。

老人單腳跪地，頭碰在地上，縮著身子，看見醫生站在門口，穿上衣服，打上領帶時，向他打招呼。

「噢！偉大的人啊！」老人說道：「我帶著波普西培提爾人民的意思來見您，您的偉大行爲實在令人覺得難以想像。由於您的親切、知識比山高，比海深，使我產生景仰之心。我們原來的酋長已經逝世，因此人民希望擁有一個偉大的指導者。我們的宿敵巴格．加格迪拉格族由於受到您偉大的人格的感召，現在和我們成爲好兄弟，好朋友。巴格．加格迪拉格族也希望能沐浴在您的慈愛中。現在，您也看到了，我帶著波普西培提爾的神聖王冠前來，請您這位慈悲之人能夠答應這國家所有住民的意見，讓我們帶您到『耳語岩』那兒去。帶著所有的尊敬與威嚴，使您能夠成爲我們的國王——成爲整個漂浮島的國王，到那裡把王冠戴在你的頭上吧！」

住民們好像並不認爲醫生會拒絕似地。我第一次看到醫生這麼束手無策的樣子，也是第一次看到他這麼徬徨無助。

「啊！眞是麻煩。」醫生不知道該如何脫身，好像發瘋一樣地看看四周，說道：「我該怎麼辦才好呢？誰知道我衣領的釦子到哪裡去了？衣領沒有釦子，怎麼扣得起來呢？今天到底是什麼不祥的日子呀？班波，也許滾到床底下去了。我這一、兩天來，根本沒有仔細思考的時間，睡覺醒來還沒洗臉，就被人家推舉爲國王，從來沒聽說過這麼荒唐的事情。你去幫我找找看，找到了釦子沒？到底踩在誰的腳底下了？班波，把你的腳抬起來。」

「不要管釦子了。」波里尼西亞說道：「即使沒有領子，也一定要戴上王冠哪！對住民而言，他們並不在乎你的樣子。」

「我根本不要戴王冠，我要向大家演說，也許他們會了解我的想法。」

醫生回頭看著聚在門口的住民們。

「各位朋友，」醫生說道：「我無法接受各位的莫大推崇，我不適合擔任國王的工作，在各位的友人中，一定能找到更適當的指導者。對於你們的好意，我非常感謝。但是，拜託你們，我眞的無法勝任這工作，請你們不要把我考慮在內。」

老人用更大的聲音對周圍的群衆說明醫生所說的話，群衆們不斷激動地搖搖頭，一動也不動。老人再次對醫生說道：「人民除了你以外，不承認任何人。」

在醫生無助的表情中，似乎又找到了一線希望。

「我想見龍格·亞洛，」醫生對我輕聲說道：「可能他會有什麼方法可以幫助我吧！」

於是，醫生對他們說暫時失陪一下，然後背對著站在門口的長老們，連忙趕往龍格·亞洛的家去了。我也跟在醫生的身後前去。

我們在住家外的草原上，看到躺在那兒的龍格·亞洛，他好像是爲了觀賞這一次的慶典，而拜託別人帶他到那裡去。

「龍格·亞洛先生，」醫生用旁人聽不懂的老鷹的話，很快地對他說：「這些人希望我擔任國王，可是這麼一來，我所計劃的工作就無法進行了。請你告訴居民們，選我做國王並不是一件聰明的事，麻煩你。」

龍格·亞洛撐起手肘，支撐一邊的身體，說道：「對於你首次提出的請求，我根本無法辦到，眞是十分遺憾。如果我阻止他們選你爲國王，他們會把我從島上趕走的。因此，我看你還是勉力而爲吧！既然你能夠在自然界秘密的研究上花這麼長的時間，相信你在政治上也一定能發揮很大的作用。在這段時間內，也許你可以想個方法逃避國王的責任呀！但是，目前你一定要擔任國王，這裡的人是具有頑固性格的種族，任何事情都一定要照自己的意思去做。我實在無能爲力啊！」

龍格．亞洛好像很悲傷似地離開這位朋友的身邊。在醫生身後，仍站著那名老人，他手上還是拿著王冠，等待著醫生繼承王位，恭恭敬敬地指著椅子，好像要杜立德醫生坐上去。醫生看看四周，眞不知道應該逃到哪裡去。甚至我在一時之間，認爲醫生可能會逃走，但是四周水洩不通，擠滿了人，甚至連一隻螞蟻都爬不出去，身旁的樂隊突然奏起進行曲。

醫生用哀求似的眼神再看著龍格．亞洛，但是這位身材高大的印第安人只是搖搖頭，並且用手指著等著他坐上去的椅子。

杜立德醫生終於哭喪著臉，慢吞吞地坐到了椅子上。當醫生被扛起來時，他又嘮嘮叨叨地說著：「眞是麻煩哪！我根本不想當國王！」

「振作點！」龍格．亞洛叫道：「你的王位會永遠爲你帶來幸福的。」

「請讓開！請讓開！」群衆們耳語道：「快走，快走！——到『耳語岩』去！」

群衆們想要在舉行國王即位典禮的大劇場中佔一個好位子，因此都朝著山的方向跑去了。

第十章、強格王的即位

在我一生中，曾看過許多勇敢偉大的事情，但是從來沒有任何事情能像強格王的即位，在「耳語岩」的光景一樣，在我心裡留下強烈的印象。

班波、奇奇、波里尼西亞、吉普和我俯看那碗形的盆地，站在令人頭暈目眩的高崖上看著內側時，就好像在看著銅色水面，無際無邊的大海洋一樣。劇場的座位坐滿了全島的男女老幼。為了觀賞這一天的盛況，甚至躺在病床上，被抬到此處來的龍格·亞洛也在其間。

這時的「耳語岩」卻瀰漫著寧靜的氣氛，沒有任何聲音，甚至連針掉在地上的聲音也沒有。也許，你會認為這是令人毛骨悚然的寧靜吧！後來，班波看到這麼多人，不知道該說些什麼，就走了下來。

在下面，王位的旁邊，插著全新色彩，有著明亮顏色的圖騰柱。每一位居民都擁有圖騰柱，並插在門口，圖騰柱的作用就有如標誌或名片一樣。雕刻著這一家的家世或功勳。現在，豎立在這兒的是杜立德醫生，也就是辛卡洛特王的圖騰柱，比任何一個都大，並且擁有美麗的裝飾。為了顯示醫生對於生物的淵博知識，雕刻了許多動物。

這些動物挑選的是與居民性格相近的動物，例如：鹿代表迅速，牛代表忍耐，魚代表明理，而在柱的最頂端、隨時隨地都雕刻著這一家最感驕傲的動物。醫生的圖騰柱上，則爲了紀念著名的「鸚鵡講和條約」，而雕刻了巨大的鸚鵡。

象牙王座用氣味很香的油擦拭過，因此在強烈陽光的照射下閃閃發亮。在下方，撒滿了生長在島上山谷間盛開著花朵的樹木小枝。

不久之後，我們看到醫生所坐的轎子漸漸地爬上樓梯。到達了平坦的頂部時，轎子停了下來，醫生站在用花朵舖成的道路上。由於四周寂靜無聲，因此醫生腳下踩斷的樹枝聲音，即使隔得很遠，也歷歷可聞。

醫生跟著老人，朝著王座一步步地走去時，台上的人陸陸續續站起身來。由站在遠方高處的我看來，醫生那短小而圓滾滾的身影看起來非常細小。王座是爲了比醫生更高大的身材而製造的，因此醫生坐在上面時，腳搆不到地，一直在搖晃著。

老人看著周圍的人，靜靜地用誦經一般的聲音說話。在「耳語岩」，老人所說的每一句話即使在很遠的任何角落，也能夠聽得很清楚。

最初，老人列舉出昔日曾坐在這象牙椅子寶座上的波普西培提爾偉大國王，然後再說明波普西培提爾族的偉大，以及勝利和困苦等歷史。

接著，又對醫生揮揮手，開始述說要即位爲國王的醫生之豐功偉績，並且說明他的功績比以往任何一位國王都卓越。

當老人娓娓訴說醫生為波普西培提爾族所做的一切時，在一片寧靜中，每個人都朝著王座揮舞右手。這眞是非常奇妙的光景，在寬廣的面積中，衆人沒有發出聲響，卻一起揮舞著手。

老人冗長的演說結束了，然後走近王座，恭恭謹謹地把醫生的舊帽子拿了起來。老人打算把帽子丟在地上，但是醫生及時阻止了他，把帽子放在膝蓋上。然後，老人再捧著神聖的王冠，將它戴在醫生的頭上。不過，似乎並不適合醫生頭部的大小（也就是說，這是為頭較小的國王所製作的）。從陽光照耀的海上吹來的和風，一直在飄拂著，對於醫生而言，要在風中戴著王冠是很辛苦的事。但是，看起來還是非常偉大。

老人再次面對衆人說道：「在座的諸位，你們可以向我們所選出來的國王致意了！——各位覺得滿意嗎？」

這時，衆人的聲音爆發出來了。

「強格！強格！」大家叫著：「強格王，萬歲！」

這聲音就好像一百發大炮的聲音一樣，劃破了四周的寧靜。由於這地方即使是耳語的聲音，也能傳到數千公尺遠的地方，聽到這震撼人心的聲音，讓我覺得好像有人在摑我的臉似地。在群山中，不斷響起衆人呼喊的回聲。這聲音響遍全島，傳遍低矮的山谷，甚至鑽進海底的洞穴中了。一直持續著，不曾間斷。

老人突然用手指著島上最高的山，看到那一塊巨石慢慢地不見了——看到它掉到噴火口的正中央去了。

「你們看！漂浮島的諸君。」老人叫道：「神秘的石頭掉下去了，傳說是眞的。今天就是國王即位的日子。」

醫生看到石頭掉落時，站立了起來。看著海上，不知道石頭會滾到哪裡去。

「我猜醫生一定是想到空氣室的事情了。」班波對我耳語著：「希望這附近的海不會很深。」

我們終於聽到遙遠的下方傳來咔囉、咔囉、咚咚的聲響——接著，好像傳來咻地好像空氣衝出來的巨大聲響。醫生臉上露出緊張的神情，但他還是坐在王座上，眼睛睜得大大地，看著綠色的海水。

我們終於感覺到腳下的島漸漸地下沉了，海水隨著海島的下沉，以驚人的速度不斷地湧進——一公尺，二公尺，五公尺，十公尺，五十公尺。接著，眞是非常慶幸，就好像蝴蝶漸漸停在玫瑰花上一樣，靜止了下來。

蜘蛛猴島就這樣地停在大洋的砂底，土地與土地又再次地結合了。

當然，海岸附近的人家大多已沉到水底了。波普西培提爾村已經完全消失了蹤影，但是村裡的人爲了觀看今天的即位典禮，已經來到了高山丘上，所以沒有一個人被淹死。

居民們雖然知道腳下的地面已經沉落，但是並不知道到底發生了什麼事情。

後來，醫生說當時有很多人曾經大聲呼喊，因此使得「巨石」掉落下來了。

不過，在波普西培提爾的歷史中，卻記載著強格王登上王座時，由於國王的分量極重，因此甚至連島都為了向國王表示敬意而拜倒，下沉不再移動了。

第六部

D.Maclise, R.A. T.Land.

第一章、新波普西培提爾

強格．辛卡洛特王即王位不滿兩個月的時間內，使我對國王以往的想法完全改變了。我以前認爲國王的工作就是要坐在王座上，一天內接受衆人的行禮數次。但是，我現在發現國王的工作十分繁重，這可能才是國王眞正的工作。

杜立德醫生從早到晚忙個不停，他認爲首先必須要建立新的城鎭，因爲波普西培提爾村消失了，所以有必要建立新的波普西培提爾市。

在幾經考量以後，在大河口處選了一個很美麗的場所，附近擁有美麗海岸的寬廣海灣，不論是獨木舟或更大型的船，都能夠停在這港口躲避暴風雨。

在建立這城鎭時，醫生告訴村民們，如何建立這城鎭的下水道，以及如何每天收集垃圾，並把垃圾焚燒掉。教導居民堵住山丘上的流水，做成像湖一樣的蓄水池，這樣就能成爲可供整個城鎭使用的蓄水池。因此，居民們以前罹患的痛苦疾病，現在已藉著完善的排水和乾淨可飲用的水，而予以杜絕了。不使用火的民族，當然也沒有金屬，因爲沒有火，就不能夠使鐵或鋼鐵改變成任何形狀。杜立德醫生初步的工作就是要去發掘鐵或銅的脈礦，而在群山中勘察著。發現金屬礦藏以後，熔化了銅和鐵，教導懵懂無知的居民們製造利刃、水管，以及其他許多東西。

醫生竭盡所能地貢獻心力，他認爲既然要成爲國王，一定要成爲民主的國王，要親民愛民，成爲一個和平的國王。因此在繪製新的波普西培提爾市的市鎮圖時，沒有搭建任何像宮殿般的建築物。醫生本身的家就在城鎮的內街，只是一間簡陋的住宅而已。

但是，居民們都不允許他這麼做。居民們擁有以往沿襲下來的習慣，要爲醫生建築一座空前絕後的豪華宮殿。居民們願意接受國王對於其他事情的意見，但是卻不允許國王停止盛大的儀式或盛妝。不論晝夜，國王所使用的僕人不下千人。國王所乘坐的獨木舟爲紅木製，長二十公尺，內側鑲有珍珠貝，必須由一百名氣力充沛的划船手來划，才能夠划得動。宮殿的庭園爲一公里半見方，計有一百六十名園丁。

可憐的強格國王經常必須吃自己不喜歡的東西，連自己很愛戴的帽子都必須藏在櫥裡。有時候，醫生抽空想要進行短時間的博物研究而出門時，他們也不許他穿舊衣服，頭上仍要戴著王冠，並且要穿著不斷被風吹起的緋紅色國王的衣服，去追趕著蝴蝶。

醫生必須要處理的事情，必須要解決的問題，陸陸續續層出不窮。土地的爭執、疆界問題，以及國民紛爭的仲裁等等，都是醫生的工作。在國王宮殿的東邊有正義堂（法院），醫生在上午九點至十一點鐘爲止，都必須坐鎮此處，進行各種事件的審判。

到了下午時要到學校去教學。醫生所教的和一般學校所教的並不一樣，因爲在這裡，大人和小孩要一起學習。居民們甚至連我們小孩都知道的事情，他們都不知道，但對於一些我們大人所無法了解的事情，他們卻能夠知道。班波和我儘可能地幫助醫生——我們教導他們簡單的算術或一些比較簡單的東西，至於天文學、農業學，以及嬰兒成長的學問等，就由醫生親自教導。居民們非常熱心。全部聚集而來。醫生將五、六千人分爲一組，用大型的擴音器教學。

剩下的時間則必須修築道路，製造水庫，診察病人，要做的事情非常多。

剛開始，醫生堅辭國王一職，但是一旦成爲國王以後，就會成爲很好的國王。醫生並不像歷史課本中的許多國王一樣，一直發動戰爭，使人民生活於水深火熱中。

直到今天爲止，我還是認爲強格·辛卡洛特王所統治的波普西培提爾是世界上最好的國家。

轉眼間，在島上已經過了六個半月了，到了杜立德醫生的生日，島上的人把這一天訂爲大節日，大家吃、喝、玩、樂、燃放煙火，演講，快樂地度日。

這一天結束時，兩種種族的主要人物排成一列，拿著塗滿美麗色彩，高約三公尺的黑檀木的平板，在街道上遊行。這是紀錄著國王功勳的圖畫。

等到遊行的儀式結束以後，平板就釘在新建好的宮殿的門扇上。大家爲了觀賞盛大的典禮，而聚集到此。上面畫著紀念強格王六大功勳的圖畫，而在下面寫著六首詩，說明這圖畫。在國王的領導的詩人，所寫的詩如下：

1（登陸島上）

神所送來海豚推來的船，
到達不知名國度的岸邊。
連棕櫚樹都低頭行禮，
來得好，國王。

2（遇到獨角仙）

在山中月光下，和野獸們笑話。
害羞的獨角仙，
拿著悲傷的繪畫文字。

3（救助失蹤者）

充滿熱情的偉大胸懷，
充滿力量的龐大手臂，
像剖開甘薯似的劈裂山峰！
眾人仰望，歡喜雀躍！

4

（製造火）

土地寒冷，眾人瀕臨死亡。
國王伸出援手！
黑漆漆的天展現亮光，
好像太陽躍出似的生起火來！
在我們心存感謝地圍住火時，
國王使這漂浮島
回到原先的土地上，
陽光閃耀的海洋。

5

（戰爭獲勝）

只有一次，國王溫柔的臉龐
變成可怕的形象。
趕走憎惡的敵人！
驅趕巴格·加格迪拉格的種族。

6（成爲國王）

天空的鳥兒在歌唱，
地上的海洋在微笑。
我們全都喜極而泣，
因爲這一天國王誕生了。
是「建設者」，
是「治療者」，
是「教師」，
是「王侯」！
他是最偉大的人。
希望他能活數千年！
爲這片土地，
帶來永久的快樂與和平。

第二章、回到舊巢

在國王的宮殿中，我和班波各自都擁有自己美麗的屋子。——鸚鵡波里尼西亞、狗兒吉普、猴子奇奇也和我們往在一起。班波是宮殿的經理人，我則是會計主任。博物學家龍格．亞洛也擁有房子，這時他外出旅行，並不在家。

這一天晚上，用過餐以後，醫生到城鎮去診察剛出生的嬰兒，大家聚集在班波客廳的大桌前，商量明日的預定計畫與各種事項。這是我們每天晚上都會召開的內閣會議。

但是，這一天晚上的話題竟然是故鄉。後來，又談到了食物。我們對於這島上的食物已經有點厭煩了，因爲沒有一位居民懂得烹調的方法，因此要教他們做好菜是很困難的。大家都是喜歡吃美味食物的名人，因此大家趁廚師熟睡以後，偷偷摸摸地溜到下面去，請求醫生爲我們做一些美味的麵包、蛋糕等等。醫生這位烹調高手，但是經常會把廚房弄得亂七八糟，因此我們必須小心謹愼，不讓廚師發現這一點。

這一天晚上，我們的話題又談到了食物。我使班波想起了在蒙提威爾迪臥舖店老闆家所吃的美味食物。

「現在，我想要的是，」班波說道：「加了奶油的可可亞。在牛津的時候，隨時都可以喝到可可亞。這島上並沒有可可亞樹，也沒有能取得奶油的乳牛，眞是非常遺憾。」

「到底還要多久，」吉普說道：「醫生要在這裡待多久呀？」

「昨天，我曾和他談過這件事情。」波里尼西亞說道：「醫生並沒有明確的回答，他似乎不願意談這問題。」

話題至此，暫時打住了。

「我認爲，」波里尼西亞說道：「可能醫生已經放棄回去了。」

「什麼？」班波叫道：「這是眞的嗎？」

「噓！」波里尼西亞說道：「你聽聽那是什麼聲音。」

大家都豎耳傾聽，聽到了在城遠處的走廊下傳來步哨叫嚷的聲音。

「國王通過！——國王通過！」

「醫生——，」波里尼西亞耳語道：「忙得這麼晚，眞是很可憐哪！看他日夜不休地工作著。——奇奇，從架子上把菸斗和菸草拿出來，趕快爲他準備好更換的衣服。」

走入房間的醫生，臉上露出深思的神情，很疲憊地拿下頭上的王冠，掛在門後的釘子上。接著，又換上了家居服，深深地坐在桌前的上座，發出了嘆息聲，並在菸斗塞入菸絲。

「那麼，」波里尼西亞靜靜地問道：「那個嬰兒怎麼樣了？」

「嬰兒？」醫生喃喃自語地說著。——好像思緒飄到了遠方，不知道在想些什麼似地。「對了，嬰兒啊？很好，眞是値得慶幸。——長了兩顆牙齒了。」

醫生又恢復沉默，噴著煙圈做夢似地凝視著天花板。我們靜靜地圍繞在醫生身邊。

「我們是這麼想的，醫生。」我終於開口說道：「在您回來之前，——我們在談什麼時候要回家去，到明天就是我們在這島上住滿七個月的日子了。」

醫生覺得好像有點彆扭似地從椅子上站了起來。

「你說得對。」醫生想了一會兒，說道：「實際上，今晚我打算和你們談這一件事，但是這一點——可能——要讓你們了解是有點困難。要我停止目前所做的工作，實在是很困難。你們還記不記得我曾說過，一旦成爲國王，就沒有那麼輕易地不做國王了？這地方的人非常地依賴我，我們改變了這地方居民的生活方式。要改變他們的生活方式，是很艱巨的工作。我們必須要看著他們是否做得很好。」

醫生想了一會兒，然後用悲傷的語氣慢慢地說道：

「我也很想繼續自己的旅程與博物學的工作，我也很想回到帕德爾比的家，——這就和你們一樣。已經是三月了，庭院中應該已經綻放著蕃紅花了……但是，如果我們丟下這裡的人，就這樣逃走，會變成什麼樣的情形呢？恐怕這些人必須恢復古老的習慣和風俗了，甚至會濫用我們所教導的事物，比起在遇見我們以前，會產生更壞的結果……我實在很喜歡這些人，能夠看到他們成長，眞是一大樂事。我一定要辭去這工作才行。──我應該留在這兒。」

「永遠，──一生嗎？」班波低聲地問道。

醫生皺著眉頭，無法回答。

「我不知道啊！」醫生終於開口說道：「總之，現在我還不能離開這裡，我認爲這樣做是不對的。」

有人敲著門，打破了悲傷中的沉默。

這時，醫生總算鬆了一口氣，站了起來，戴上王冠，穿好國王的服裝，並且說道：「進來吧！」門打開了，一百四十三位僕人中的一人──這些僕人隨時都要守夜──站在那兒，對醫生行禮。

「國王，有一位旅人想要見您，他就在城門入口處。」

「是不是又有嬰兒要出生，要你去看呢？」波里尼西亞輕聲問道。

「那旅人叫什麼名字呢？」醫生問道。

「稟報國王，」僕人回答道：「那人是格爾丁．亞洛之子，龍格．亞洛。」

第三章、亞洛的科學

「龍格・亞洛！」醫生叫道：「真是太高興了！趕快請他進來吧！」

「我真是太想見龍格・亞洛了。」醫生在僕人走出去以後，對我們如此說道：「他雖然不太喜歡說話，但卻是個真正的好人。他到巴西去，已經五個月了，能夠平安無事地回來，我真是太高興了！他是靠著一艘獨木舟橫渡一百五十公里遠的大海洋，真是太了不起了！」

這時，傳來了敲門聲，門打開了。

接著，雄壯而又擁有一張被太陽曬黑的臉龐，面露微笑的高大男子龍格・亞洛站在那裡。在他的身後，有兩個小傭人捧著用椰子葉包著的包裹，經過短暫的寒暄以後，龍格・亞洛要僕人打開包裹。

「國王，你看！」亞洛說道：「我按照約定，把在安迪斯洞穴所採集的植物全都帶來了。這些寶物是我一生努力的結晶呢！」

打開袋子時，裡面還有很多小包裹。於是，把這些東西仔細地排列在桌子上，其中包括植物、花、水果、樹葉、根、果實、豆子、蜂蜜、橡膠、樹皮、種子、蜜蜂，以及其他幾種昆蟲等等。

植物研究是我不喜歡的博物學的一部分。我認爲植物研究與動物研究相比，是很無聊的科學。但是，在龍格．亞洛向我說明採集這些植物時的有趣故事和特徵以後，我對植物研究也漸漸產生了興趣。他說完以後，我深受植物界的各種奇蹟所吸引。

亞洛拿起一個裝著大粒種子的小袋子，說道：「這是我稱之爲『笑豆』的東西。」

「這是做什麼用的？」班波問道。

「吃了這種子，就會想要笑呀！」亞洛說道。

在龍格．亞洛往後看的時候，班波吞下了三顆這種神奇的豆子。

「唉呀！唉呀！」亞洛察覺到班波的惡作劇時，說道：「想要這種種子發揮效果的話，只要吃一粒的四分之一就足夠了。我很不希望你笑死哩！」

但是，豆子的效果眞是很大。剛開始時，班波臉上只是露出微笑，接著就吃吃地笑了起來，然後莫名其妙地在那兒大笑著，哇哈哈地大笑不止，因此我們只好把他帶到隔壁的房間，按在床上。醫生說，如果不是班波的體質較強，早就已經笑死了。

班波在睡著以後，一整個晚上也在笑著。

第二天早上，當我們起身時，他還在吃吃地笑著，並且從床上滾了下來。

當班波睡著以後，我們再回到客廳去，龍格．亞洛讓我們看一種紅色的根。這種植物和砂糖、鹽一起煮來喝，跳舞就能跳得很快。亞洛問我們要不要試試看，但是我們都拒絕了。看了班波的例子，大家都覺得很不舒服。

龍格．亞洛所蒐集的植物，還有一些非常有用的東西，例如：一夜之間就能長出頭髮的油，還有住在秘魯自家庭園中，如南瓜般大的柑橘；以及黑色的蜂蜜（蜜蜂和當作餌食的花種子都帶來了）。另外，還有只要服用一茶匙，就能夠睡得很舒服，早上起來時，覺得十分清爽的東西。除此以外，還有使歌聲甜美的果實；受傷時，能夠立刻止血的水草；被毒蛇咬到時，能夠用來治療的苔蘚；以及能防止暈船的苔蘚等等——種類繁多。

當然，醫生對這些東西非常有興趣，直到天亮以前，都在忙著檢查這些東西，一一地詢問其名稱，把龍格．亞洛所說的特徵與說明詳細地記在筆本上。

「史塔賓斯，這些東西……，」醫生在結束工作以後，對我說道：「可說是對世界的醫學與化學最有貢獻的東西。單是『安眠蜜』，就可以取代至今我們所使用的不良藥物的一半。亞洛真是一位大博物學家，他發現了自己的藥方。米蘭達所說的是正確的，他的名字將有長久流傳於世的價值。但是，我必須把這些東西帶回故鄉去。」醫生很悲傷地說道：「但是，到底是什麼時候呢？這是一大問題。到底是什麼時候呢？」

第四章、海蛇

由於發生了這一次的事件，我們不再催促醫生回去了。在蜘蛛猴島上的生活十分忙碌而愉快，日子一天天地流逝，冬天過去以後，夏天不知不覺地又來臨了。

身為國王的醫生，每一天的工作不斷地增加。因此，他能致力於博物學研究的時間愈來愈少了，醫生終於也開始想家了，雖然他並沒有說出來。如果不是發生了以下這件事，恐怕我們一生都會留在島上了。

年老的鸚鵡波里尼西亞已經厭倦了島上的生活，而且牠並不打算掩飾自己的想法。

「老實說，」波里尼西亞和我一起到海邊去散步時，說道：「那個著名的杜立德醫生竟然要和這些骯髒的人一起生活，我覺得這是貽笑大方的事情。」

有一天，當醫生正在監督新劇場的建築工程時，我們也在旁觀看。波里尼西亞突然口出惡言。於是，我趕緊邀牠出去散步。

「波里尼西亞，你老實說，」我坐在海岸邊的砂石上，問道：「醫生是不是不想回到帕德爾比去了？」

「我也不知道，」波里尼西亞說道：「有時候，醫生想到家裡的可愛動物，就會立刻想要回去。但是，由於紫色天堂鳥米蘭達已經帶來消息說家中一切平安，所以我想他不會掛念家中的動物。每一天我無時無刻地不在動腦筋，要想出一個好計策。如果我們能使醫生的興趣再次回到博物學上——能夠重新點燃醫生對博物學莫大興趣的事情，——也許，我們眞能夠辦得到，但是應該怎麼做才好呢？」波里尼西亞有點哀傷地聳了聳肩膀，繼續說道：「總之，現在的醫生，心裡只想到道路的改良與教孩子的事情。」

陽光熾熱地照耀著，這是一個好天氣。我想到故鄉的爸爸媽媽，茫然地凝視著海面。父母親一定會擔心長時間不在他們身旁的我，而在我身旁又有波里尼西亞在低聲地嘮嘮叨叨心中的不平，平靜的海風慢慢地吹拂著，使我在不知不覺中想打起盹來了。我又夢到島開始動了。——不像先前一樣地漂浮著，而是突然在島的底部湧現了很大的力量，突然把島抬了起來，然後突然又把它丟下來。我不知道我睡了多久，突然有人咬住了我鼻子，使我清醒了。

「湯米！湯米！」（——那是波里尼西亞的聲音。）「快起來！你不知道是地震，還在那兒睡呢！湯米，快起來，機會來了！」

「什麼事呀？」我一邊打著呵欠，一邊站起身來，問道。

「噓，——你看。」波里尼西亞指著海，竊竊私語著。

我還沒有徹底地清醒過來，茫然地看著眼前的一切。後來，看到距離海灘三十公尺遠的淺灘上，有一很大的桃紅色的貝類，呈屋頂似的形狀，如美麗彩虹般的曲線，高高地聳立著。在它的下方附近，形成色的鋸齒狀，讓人悠然神往。

「到底是什麼呀？」我問道。

「那個呀！」波里尼西亞輕聲說道：「是幾百年來，水手們稱為海蛇的東西。我曾有幾次在甲板上看到牠悠游於波濤之間，可是從來沒有像現在一樣，看牠靜靜地停止著、在這麼近的地方看過這東西。我發現世人稱為海蛇的東西，就是菲吉特稱說過的大玻璃海蝸牛，一定是的！如果它不是在七大海洋中唯一生存的蝸牛，你可以叫我烏鴉或燕子。——湯米，這回運氣來了！現在，我們最重要的工作是趁牠還沒有逃到『深穴』去以前，把醫生帶到這兒來，讓他看看這美麗的生物。如果做得好的話，我們就能離開這島了。現在，我就去帶醫生來，你在這兒守著，絕對不要動，不要發出聲音哦！——也不可以用力地呼吸，否則會嚇到牠。蝸牛是個膽小鬼，你只要好好地看著牠就可以了。我會盡快回來。」

於是，波里尼西亞悄悄地爬到草叢後面去，然後展開翅膀，朝著城鎮的方向飛去。我獨自留在海岸，凝視著這令人驚訝的怪物，一動也不動地停留在淺灘上。

大玻璃海蝸牛並沒有移動，只不過把頭從水中抬起來，伸著又大又長的脖子，露出了角，好像想挪動似地移動著牠的身體，但是立刻又好像很疲倦似地沉靜下來。可能牠的腹部下方受傷了吧！可是下方埋在水中，所以我看不到。

因為我一直緊緊地盯著牠，所以並沒有注意到波里尼西亞和醫生正小心翼翼地蹲在我身旁的沙灘上。

醫生一看到海蝸牛，眼中就充滿喜悅的神采。即使在我們來到這島上，活捉獨角仙甲比茲里時，我也不曾看過醫生流露出如此感動而又喜悅的眼光。

「就是那個！」醫生輕聲說道：「大玻璃海蝸牛，的確沒有錯！——波里尼西亞，你到海岸邊去看看海豚還在不在，請教牠們到底海蝸牛在這裡做什麼。——牠會這樣地待在淺灘上，一定非比尋常。史塔賓茲，你到海港去把小獨木舟划來。當獨木舟繞到這海灣來時，要小心地划哦！如果使海蝸牛受到驚嚇，牠就會逃到海裡去，再也看不到了。」

「而且，絕對不能告訴島上的人。」波里尼西亞輕聲對我說道：「如果你不保持沉默，不到五分鐘，就會有一群人來圍觀了。在沒有任何人看到牠時就發現牠，實在是件幸運的事。」

到達了港口以後，我從許多的船中選擇了既小又輕的獨木舟。雖然我不知道醫生到底要用它來做什麼，但是我還是趕緊把它划向海岸。

我真是很擔心在我還沒有折返之前，海蝸牛就已經逃得無影無蹤了。因此，繞過峽灣，看到海灣時，發現海蝸牛還在那兒，我感到非常高興。

這時，波里尼西亞已經帶了兩隻海豚過來。兩隻海豚小聲地和杜立德醫生說話。我把獨木舟靠在岸邊，走到沙灘上來。

「我想知道的是，」醫生說道：「爲什麼海蝸牛會到這兒來？牠不是經常都待在『深穴』中嗎？即使是浮在水面上，也是浮在大洋中呀！」

「你還不知道嗎？」海豚說道：「當醫生使得這島沉下時，海底『深穴』的洞口就已經被堵住了。醫生，那就像蓋上了蓋子似地，在洞口的正面蓋上了整座島。——當時，在洞裡的魚拼命地想要逃出來，在這當中，海蝸牛是最不幸的一個。當牠從洞中跑出來，要做傍晚的散步時，沒想到尾巴被島夾住了，因此六個月以來，一直想要獲得自由，終於抬起了島的一部分，把尾巴搶救出來。在一個小時以前，難道你們沒有感受到強烈的地震嗎？」

「說得也對。」醫生說道：「剛建好的劇場的一部分都崩塌了呢！」

「這就是海蝸牛爲了拔出尾巴，而搬動島的緣故。」海豚說道：「當然，其他的魚也趁這時候逃了出來，幸好牠這麼巨大又強壯，大家的運氣眞好。但是，牠因爲抬起這麼重的島，尾部的肌肉已經拉傷腫脹了，所以牠只好爬到這柔軟的砂石海岸。靜靜地休息並且療傷。」

「原來是這樣啊！」醫生說道：「眞是可憐。關於島的下沉，應該在事前通知牠才對。不過，實際上我們事先也不知道會發生這樣的事情。牠的傷勢很嚴重嗎？」

「我也不知道。」海豚說道：「牠不和任何人說話。我來到這兒的途中，曾游到牠的身邊，牠看起來似乎沒有受到重傷。」

「沒有人會說貝殼的話嗎？」醫生問道。

「沒有人會說。」海豚回答道：「可能是很困難的話吧！」

「難道沒有能夠和牠交談的其他魚類嗎？」

「您覺得怎麼樣呢？」海豚說道：「我去找找看好了。」

「如果能夠這樣，那眞是太好了。」醫生說道：「因爲我有事情想要問海蝸牛。——而且，我也想治療牠的尾巴，都是因爲我的過失才使牠受傷的。」

「我知道了，醫生。請您等一等，我去找一找。」海豚們這麼說著。

第五章、解開貝殼話之謎

於是，杜立德醫生頭戴王冠，坐在海岸邊等待著。大概過了一個小時，海豚們又游了回來，身後跟著許多想要幫助醫生的海中動物。那是為數不少的奇異動物。但是，能夠說貝殼話的除了貝類以外，幾乎看不到其他動物。不過，海豚們發現到一隻年紀老邁的海膽，希望能派上用場。（這隻海膽擁有奇妙的體型，全身都長著長長的鬍子，是個小個子。）這時，醫生詢問海膽，對於貝類的話知道多少？

海膽回道：「純粹貝類的話，我是不知道的。如果是海星的話，我還略懂一些。——不過，那是因爲我曾在年輕時和牠們交談過。」

海豚們把海膽留在我們這兒，又去找海星了。

這附近到處都有海星，因此馬上就找到了一隻。透過海膽的翻譯，開始詢問海星。這海星有點懶惰，但是也盡力地想要幫助醫生。在醫生耐心地詢問之下，知道牠懂得貝類的話，我們都感到很高興。

於是，醫生和我乘坐著獨木舟，身後跟著海豚、海膽、海星，靜靜地靠近大玻璃海蝸牛如塔般的殼下。

這時，展開了很有趣的談話。剛開始時，海星詢問海蝸牛一些事情，接著海蝸牛的回答由海星告訴海膽，再由海膽告訴海豚，然後海豚再告訴醫生。

經由這過程，我們知道了動物界昔日的歷史。不過，因爲海星還是有一些不通之處，因此有一些細微的事情沒有問出來。

和海蝸牛談話時，醫生和我隔著如牆壁般的殼豎耳傾聽，眞的能夠清楚地聽到牠說話的聲音。正如菲吉特所說的，是深沉如鈴般的聲音，到底在說些什麼，我們當然是不知道。但是，醫生卻爲了能夠學會他所希望學會的貝殼話，而感到非常興奮。海蝸牛所說的簡短話語終於由其他魚重複說出，醫生本身也開始學習海蝸牛的話。以前，醫生就已經知道魚所說出的一、兩句話，現在完全發揮了作用。醫生在稍作練習以後，把臉伸出獨木舟，埋在水中，直接和海蝸牛談話。

這實在是非常痛苦的工作，歷經數小時的試驗，終於有點成就時，醫生臉上洋溢著幸福的表情。這時，夕陽西沉，晚風吹動著竹林，嘎嘎作響。醫生終於回頭對我說道：

「史塔賓斯，我說服了海蝸牛，讓牠到海岸較乾燥的地方，讓我看牠的尾巴。對不起，請你回到城鎭去告訴那些工人，今天停止劇場的建築工作。然後，回到宮殿去把我的皮包拿來。我想，應該是放在謁見室的王座下面。」

「還有，不可以忘記哦！」波里尼西亞說道：「要保持沉默，不管別人問你什麼，你都要裝成牙痛的樣子，什麼話也不說哦！」

當我拿著醫生的皮包回到海岸時，海蝸牛已經來到了岸邊乾燥處。我看到牠全身的樣子時，發現眞像昔日水手們所說的大海蛇一樣，具有溫柔美麗的樣子。杜立德醫生正在檢查牠尾巴腫脹的傷口。

醫生從皮包中拿出一大瓶塗抹的藥物來，塗抹在牠的傷口上。然後，又拿起一大捆繃帶包紮傷口，但是也只能包住一半的尾巴而已！不過，醫生說腫脹處必須要完全紮緊。於是，我又跑回宮殿去，把僅有的一些繃帶拿來，和波里尼西亞一起捉住繃帶，才緊緊地裹住海蝸牛的尾巴。海蝸牛非常高興。

醫生爲牠包紮好以後，海蝸牛輕鬆地伸展牠的身體。

「誰願意在這兒陪牠一晚？」醫生說道：「還是麻煩班波留下吧！你今天一整天都在宮殿裡睡覺嘛！海蝸牛受了嚴重的扭傷，已經無法睡覺了，因此最好有人陪著牠。再過兩、三天，病情就會好轉了。如果我不是這麼忙，我一定會陪著牠的，因爲我還有很多話想和牠說呢！」

「可是，醫生，」波里尼西亞在我們準備回到城裡去時，說道：「醫生應該要休假，即使是國王，也應該要休假。以查爾斯王爲例，查爾斯王經常會休假。縱使醫生認爲他不是國王的模範，但是他也很受人歡迎呢！任何人都會喜歡查爾斯王，甚至連王宮庭院裡的鯉魚都很喜歡他。不過，我最不喜歡的是他發明的又愚蠢又小又令人討厭的查爾斯狗，但是這只是閑聊。我想說的是，醫生也應該和其他人一樣要休假。自從醫生成爲國王以後，還不曾休假過。」

「說得也是。」醫生說道：「好吧！我也認爲你說得對。」

「那麼，我現在有話想對醫生說。」波里尼西亞說道：「回到城裡以後，立刻發出公告，說爲了健康，要到鄉下去休養一個星期。而且，不帶任何僕人就離開，你覺得這樣好嗎？國王這麼做，就好像微服出巡一樣。很多國王經常都會微服出巡的，只有在這時候才能好好地遊玩。——這一個星期內，醫生可以悠閑地在海蝸牛棲息的海岸邊生活。您覺得如何？」

「這眞是太美妙了。」醫生說道：「但是，現在正在建造新的劇場，沒有我的指示，工匠們不知道該如何搭建才好。——另外，還有嬰兒，這些母親們眞是非常無知呢……」

「關於劇場和嬰兒，該怎麼辦呢？」波里尼西亞說道：「劇場延遲一個星期才蓋也可以呀！至於嬰兒，他們只會出現疝氣的小毛病。不過，在醫生離開的這段時間內，恐怕不會發生這種毛病吧！你非休假不可！」

第六章、最後的內閣會議

我看波里尼西亞說話的樣子，認爲休假的想法應該只不過是牠的計策之一吧！醫生並沒有回答，我們默默地朝著城鎮走去，但是我知道醫生的確已經開始考慮波里尼西亞所說的話了。

用過晚餐以後，醫生並沒有告訴我們要到哪裡去，就出城了。當然，我想他一定是折返海岸，和海蝸牛談話。這一點我們非常了解，因爲醫生並沒有叫班波到海蝸牛那兒去。

當天晚上召開會議時，波里尼西亞對我們說道：

「各位，你們覺得如何？我們一定要讓醫生拿到休假。——這樣才能逃出討厭的島。」

「但是，醫生的休假和我們的逃走有什麼關係呢？」班波問道。

波里尼西亞好像無法忍受似地，對著這宮殿的經理人叫道：

「你不知道嗎？我們只要花一個星期的時間，讓醫生再度對博物學產生興趣，誘出他想要一窺海底的慾望來，也許他就會同意離開這島了。如果一直讓他住在這城裡當國王，他只會想到治理居民的事情。」

「說得也對，醫生太仁慈了。」班波也表示同意。

「此外，」波里尼西亞說道：「可能醫生想偷偷地從這島逃走，因此我們必須趁他微服出巡的時候，也就是休假的時候逃走。——除了我們以外，不讓任何人知道的時候，才能夠逃走。我們建造大船的話，大家看了會怎麼想呢？到時候，一定會阻止我們。如果他們知道醫生想要逃走，一定會用鍊子把醫生鎖起來。」

「可是，要偷偷地逃走，如果沒有一艘船，又怎麼能夠逃走呢？」我問道。

「因此，我要爲各位說明一下。」波里尼西亞說道：「如果醫生能順利地得到休假，接著我們就要請求海蝸牛，讓我們進入牠的殼中，然後把我們帶到故鄉帕德爾比的河口，只要海蝸牛首肯，那麼醫生就會受不了這誘惑，而和我們一起逃走。當然，中途醫生也可以到海底去看看海底奇觀，爲故鄉的醫生們帶回龍格·亞洛的新植物和藥物。」

「哇！這可眞是痛快呀！」我叫道：「海蝸牛讓我們坐在牠背上，把我們帶到海中，一直到帕德爾比嗎？」

「當然，這對海蝸牛而言，只不過是雕蟲小技。在海底爬行時，醫生就可以看到四周的情景，這非常容易呀！只要醫生能順利地休假，萬事就能順利地進行。當然，這也必須得到海蝸牛的應允。」波里尼西亞說道。

「這是很好的計策。」狗兒吉普嘆息著說道：「我已經不想在這裡住下去了。天氣這麼熱，害我都變得有氣無力，成了一個懶惰蟲了。而且，又沒有老鼠，即使有老鼠，我也沒有力氣把牠們趕走了。眞想回到帕德爾比，去看看醫生家中的庭園，這是多麼快樂的事情哩！還有，鴨子達布達布看到我們回去的話，會多麼高興呀！」

「到下個月末，」我說道：「離我們出國的日子，就滿兩年了。兩年前，我們在『王者橋』順流而下出海呢！」

「而且，還曾擱淺在河床的淺灘。」奇奇似乎很懷念地說道：「城鎮的人全都來送行了。你們還記得人們在帕德爾比河岸旁，揮手送行的情形嗎？」

「還記得呀！後來，城鎮的人一定在談論有關我們的事情。」狗吉普說道：「他們一定很擔心我們到底是死了還是活著。」

「不要再說了。」班波說道：「我現在悲傷得想哭了。」

第七章、醫生的決心

醫生徹夜和海蝸牛談話，第二天早上他告訴我們，決定要休假了。這時，我們的喜悅眞是難以言喻。負責在城鎮貼布告的人，把公告貼滿了各處。其內容說明，國王到鄉下去休養七天，這期間城鎮與行政的事務要一如往常地進行。

波里尼西亞感到非常高興，我們則忙著準備出發。我們要到哪裡去，要帶些什麼東西，什麼時候出發，要通過哪一個門，沒有一個人知道。

波里尼西亞眞是思想周密，必要的東西完全沒有忘記。牠吩咐我，絕對不可以忘了把醫生的筆記本帶著。唯一知道我們的秘密，曉得我們要離去的居民龍格．亞洛，希望能夠和我們一起到海岸去看海蝸牛。於是，波里尼西亞請他不要忘了把蒐集到的植物都帶來。波里尼西亞吩咐班波將醫生的帽子偷偷地藏在上衣裡。爲了避免讓人撞見我們出發，因此守夜的僕人都被派到城鎮裡去辦事了。我們決定在城鎮的人都熟睡以後，半夜時分再出發。

我們爲了休假中的國王，要準備一週份量的糧食。再加上其他的行李，在十二點鐘時，揹著沉重的行李，打開西城的城門，悄悄地躡手躡腳地來到月光照耀下的庭園。

「安靜，安靜。」班波在我們靜靜地關上沉重的門扉時，對我們這麼說。

沒有人發現一行人出發了。

由克加克廣場通往玫瑰園的石階下，我突然停下了腳步。除了我們以外，沒有其他英國人看到過的神奇遙遠國度，由我們親手建立的美麗城池，我回頭看著這一切，今夜出發以後，我想也許我們再也不會回來了。接著，開始在思索著，什麼樣的國王會住在那豪華的宮殿中呢！

天氣十分悶熱，四周一片死寂，但是在睡蓮池中，看慣了人的紅鶴，溫柔地在池裡濺起水花。突然透過杉木樹林看到了夜警的燈光，波里尼西亞戳著我的腳，囑咐我在被發現以前，趕快離開吧！

來到海岸邊一看，海蝸牛的情況已經好轉許多，即使擺動尾巴，也不再感到疼痛。

海豚們——與生俱來愛熱鬧的動物——不知道是否又發生了什麼有趣的事，因此在附近的海域來回地游著。想到這計畫的波里尼西亞在醫生為海蝸牛診治時，就曾向海豚發出訊號，讓牠們在旁邊等待著。

「我的朋友，」波里尼西亞很小聲地對海豚說道：「杜立德醫生好像是為了動物而創造出來的，——他可以為了動物而奉獻一生，現在可以說是我們報恩的機會了。相信你知道醫生因為不得已，而必須留在這島上當國王吧！一旦他接受這工作以後，就不會停止。——雖然他不願意，但是印第安人會一直要他做下去。你也知道，這是非常愚蠢的事情，因此我有一個很好的計策。

如果海蝸牛能把醫生和我們，以及一點點的行李放入殼中帶走，醫生一定會和我們一起出發的。因爲醫生眞的很希望去看看海底奇觀。除此以外，沒有任何將醫生帶離這島的方法。現在，醫生必須回國，爲世界上的動物做一些有意義的事情，這是非常重要的使命。拜託你們，請你對海膽說，麻煩牠對海星說，要海星對海蝸牛說，請牠讓我們進入牠的殼中，把我們帶到帕德爾比河去，你明白嗎？」

「我明白了。」海豚說道：「我們會儘可能很高興地說服牠。——就如你所說的，動物們都需要醫生，不能讓他在這地方浪費那麼多的時間。」

「而且，你絕對不能告訴醫生，我拜託你這麼做哦！」波里尼西亞這麼對海豚說：「如果醫生知道這是我們的小伎倆，他一定不會贊成的。請你說這是海蝸牛本身提出來的邀請，好嗎？」

杜立德醫生除了自己所做的工作，其他事情都沒有注意到。甚至連膝蓋都跪在海灘上，爲海蝸牛檢視尾巴，看牠是否能回到海中。班波和龍格·亞洛帶著奇奇和吉普坐在稍遠的椰子樹下，我和波里尼西亞加入了他們。

過了三十分鐘——我不知道海豚們的情形進行得如何。

總之，醫生突然離開了海蝸牛的身邊，喘著氣，涉水向我們跑了過來。

「你們猜，發生了什麼事！」醫生叫道：「先前，我和海蝸牛談話時，牠主動說要把我們放入牠的殼中，要載我們回故鄉帕德爾比呢！牠說『深穴』已經被封閉了，必須要去找新的洞穴，所以必須要去旅行。如果我們要回去，牠可以把我們帶到帕德爾比河，把我們放在那裡。——眞想去吔！從巴西到歐洲，能夠觀察整個海底！以前從來沒有人做過這樣的事吔！這眞是多奇妙的旅行哩！——啊，我眞的不想當國王了！我不可以錯過一生的好機會。」

醫生無法平靜地再次跑回海岸，眼中閃耀著光輝，凝視著海蝸牛。頭上戴著王冠，站在月夜海邊的醫生，背對著閃耀銀光的海洋，看起來像是一團黑色的身影，讓人看起來既落寞又悲傷。

波里尼西亞從椰子樹下樹根處站了起來，靜靜地走到醫生的身邊。

「醫生，」波里尼西亞好像在安慰任性的孩子一般地說道：「國王的事務並不是醫生一生中眞正的工作，居民們沒有醫生，也一樣可以找別人來代替你的職務。——即使沒有和醫生在一起，也會和醫生在的時候一樣。大家都知道，醫生爲了居民已經盡了義務了。現在，還是放棄一切，答應海蝸牛的邀請吧！現在醫生要做的工作，就是把這些報告帶回國去，這才具有眞正的意義與價值呢！」

「不。」醫生很悲傷似地對波里尼西亞說道：「我不能這麼做。不衛生的做法反而會把事情弄得亂七八糟。你想想看，不好的水，沒有烹調過的魚，沒有下水道的城鎭，傳染病……不，不行，我必須要保護他們的健康與幸福。我原本就是人類的醫生，我不能讓他們再回到原先的起點。我不能夠放棄這些人。雖然有很多的好機會可以離開他們，但是我卻不忍丟下他們而去。」

「醫生，你的想法錯了。」波里尼西亞說道：「現在是絕佳的機會，你想要再等到以後還出現的『好機會』，恐怕不會來臨了。拖得愈久，就愈無法離開了。——今天晚上就離開吧！」

「什麼！你要我什麼也沒有對他們說，就偷偷地離去嗎？啊，波里尼西亞，你在說什麼呀！」

「那些人會讓你向他們告別嗎？」波里尼西亞終於不耐煩地說道：「如果你告訴他們，今天晚上就要離開，在你回去以後，就會被關起來了。現在——就是這一瞬間，你必須要馬上離開才能脫身。」

年老的鸚鵡強而有力的告白，十分強烈地撞擊著醫生的心口，醫生思考了一陣子，默默地說了起來。

「但是，我還有筆記本留在那裡。」醫生又說道。「我必須回去把它們拿出來。」

「我已經拿出來了，醫生。」我說道：「全都拿出來了。」

醫生又仔細地思索著。

「還有，龍格．亞洛的採集，」醫生說道：「也必須一併帶走。」

「全都在這兒了，國王。」在椰子樹下，傳來亞洛平靜的聲音。

「還有糧食，」醫生問道：「旅行用的糧食呢？」

「我們已經爲你準備了休假期間，一個星期份量的糧食。」波里尼西亞說道：「很多呢！」

醫生再三地默默地思考著。「還有我的帽子。」醫生終於呑呑吐吐地說道：「我還是要回宮殿裡一趟，沒有帽子不能夠出發，戴著這王冠，怎麼能出現在帕德爾比呢？」

「在這兒呢！醫生。」班波說著，從上衣裡面拿出了醫生的帽子。

波里尼西亞眞的什麼事情都顧到了。

但是，醫生又好像在找藉口似地思索著。

「唉，國王。」龍格·亞洛說道：「你的將來和工作，在海的那一邊的家中，正向你招手呢！我努力蒐集到的學問，也一起讓你帶走，因爲我相信你帶回去以後，能比在這裡發揮更大的作用。——你沒有看到東方的天空已經漸露曙光了嗎？已經到了清晨了，趁這些臣子還沒有起身以前，趕快出海吧！在計畫還沒有被發現以前，趕快離開吧！的確，如果你現在還不走，恐怕一輩子都會成爲波普西培提爾的國王，毫無意義地過著後半生了。」

偉大的決定並不是在瞬間就能確定的。當天邊漸漸泛白時，醫生突然改變了自己的姿勢，慢慢地拿下神聖的王冠，放在砂上。

「他們會在這兒找到王冠。」醫生用含著淚水的聲音說道：「他們來找我，知道我逃走了……我的孩子們，可憐的孩子們！——你們知道爲什麼我要逃走嗎？也許，你們眞的了解吧！——希望你們原諒我！」

醫生從班波手中接過舊帽子，然後默默無言地握住龍格·亞洛伸出的手。

「已經下定決心了。」龍格·亞洛說道：「我想龍格·亞洛和你分手，可能比任何人都悲傷吧！——但是，請原諒我，幸運會永遠跟隨著你的！」

我們第一次看到醫生哭泣，也可以說是最後的一次。醫生什麼也沒有對我們說，就朝著海岸的淺灘走去了。海蝸牛打開背部，露出肩膀與殼之間的空間。醫生爬了上去，跑到裡面去。我們遞上行李，醫生接了過去。接著，我們也全爬到了殼中。殼口好像發出吹口哨似的聲音，緊緊地關了起來。

接著，這一隻大型動物慢慢地朝著東方前進了，緩緩朝較深的水走去。在我們的頭上波濤拍打著，大海的一端，只見旭日冉冉昇起。透過珍珠色透明的殼，周圍水底的世界看起來十分明亮。變換各種色彩的海底黎明時分，如詩如畫，呈現出一幅美麗的光景。

再爲各位敘述一下在航海歸途中所發生的事情。

我們對於這新的船室都非常滿意。在海蝸牛寬大的殼中，或坐或躺都非常舒服。——只要習慣了濕濕黏黏的感覺，會覺得比坐在搖椅上更舒服。出發後不久，海蝸牛對我們說道：「對不起，請你們脫下鞋子。」因爲當我們伸長了脖子要看四周的風景時，鞋子踢到了牠的背部。

乘坐著搖晃的交通工具，卻意外地非常地平穩，不會讓我們覺得有絲毫的不愉快。實際上，像是走在平坦的路上，如果外面的景色不改變，根本就不會覺得好像是坐在海蝸牛殼裡。

原本我以爲海底是平坦的，但是就和陸地一樣，有高有低。有時候，我們會覺得好像攀越山峰似地，穿過長滿海中植物的小小森林，甚至有可能會橫越像砂漠一樣，完全空無一物的廣大砂石，或是一整天什麼也沒有看到。

有時候，會出現好像牧場般的綠色天地。有時候，也會看到有些起伏的平野，甚至會使我們忘了是置身海底，而想要去尋找杜鵑花的蹤跡呢！

有時候，也會穿越具有險坡，較深的谷間。這時，我們在海蝸牛的殼中，就會像豆子一樣，不斷地滾動著。在較深的谷間，有時候會看到遇難的沉船。

另外，在深邃而黑暗的水底，會看到一些找尋餌食的大魚接近我們，然後嚇了一跳，連忙跳開，像箭一般地消失在黑暗中。但是，也有一些看起來不是這世界上的生物的強壯魚類，靠近我們，凝視著殼中的我們。

「我覺得我們好像是在水族館裡一樣，」班波說道：「不過，讓魚觀賞，實在令我覺得很不舒服。」

這實在是富於變化，有趣的海底景色。醫生不眠不休地在做筆記，逐一整理。不久之後，我們所帶出來的筆記本全都寫完了。然後，他會摸摸口袋，找出紙片來，再在紙片上寫東西。或是再以攤開筆記本，找出字裡行間的空隙，再填入一些紀錄，或是在紙表面和背面都寫上東西。

最令我們感到困擾的是，有時候要觀察時，光線卻不夠。在較深的海底，較爲黑暗。第三天，我們遇到了一大群會發光的海鰻。於是，醫生請求海蝸牛，要光鰻陪我們走一段路。光鰻很快地接受了我們的邀請，牠們的光並不很強，但是卻很有幫助。

我很好奇，這巨大的海蝸牛在寬廣微暗的世界中，到底是如何掌握正確的方向，無誤地前進呢?我覺得很不可思議。杜立德醫生詢問海蝸牛，如何能知道正確的方向，朝著帕德爾比向前進時，海蝸牛的回答令醫生非常吃驚。但是，由於已經無法寫在筆記本上，因此他寫在自己喜愛的帽子裡。

當然，到了晚上時，什麼都看不見。這時，海蝸牛在黑暗中，就開始游泳前進。揮動著長長的尾巴，就能夠快速地航海。因此，我們的旅行比預定的時間更早結束。

——大概只有五天半。由於船室空氣在航海中完全沒有改變，因此使我產生了窒息感。最初的兩天，頭會痛，但是漸漸地就習慣了。

第六天的午後，慢慢地爬上如緩坡般的土地，隨著漸漸上爬，四周逐漸明亮起來。海蝸牛終於浮出水面，靜靜地走向長長灰色的沙灘。

在我們身後，是微風吹拂著的海洋。左邊則是河口，眼前是一片低矮的平野，由於霧氣甚濃，遮住了遠處的視野。

兩隻伸長著脖子的鴨子，在我們的頭上揮動著翅膀，朝海的另一端飛去了。

這光景和陽光遍灑，予人明快感的波普西培提爾迥然不同。

海蝸牛再次發出如吹口哨似，吸入空氣的聲音，打開了殼，露出空間，讓我們能夠鑽出來。牠把我們放在沼地以後，這時秋雨開始下了。

「這就是我們快樂的故鄉嗎？」班波在霧中摸索著，說道：「——沒什麼不一樣，海蝸牛是不是把我們帶到錯誤的地方來了呢？」

「不，」波里尼西亞一邊抖落在翅膀上的雨水，一邊嘆息著說道：「這的確是故鄉，——看到這令人厭煩的氣候也知道。」

「可是，各位，」吉普極力地聞著空氣的味道，說道：「有味道，非常美的味道哦！我發現了溝鼠了。」

「噓，你聽。」奇奇冷得牙齒一邊打顫，一邊說道：「教會的鐘敲響了，是四點鐘。為什麼不把行李拿出來呢？我們現在要通過沼地，走一段很長的路回去哦！」

「怎麼回事呀？」我喃喃自語地說道：「我覺得鴨子達布達布好像在廚房生火……」

「一定是這樣的。」醫生一邊從行李中拿出舊的手提包，一邊說道：「颳起這樣的東風，家裡的動物一定要保持溫暖才可以。趕快回去吧！沿著河岸走，才不會因為有霧而迷了路。雖然故鄉的天氣令人厭煩，但是我還是覺得非常好。廚房裡可能已經生起火在等我們呢！四點鐘了，快走吧！——還趕得上喝茶的時間。」

〈全書終〉